日之影ソラ
illust. Noy
パワハラ限界勇者、
魔王軍から好待遇でスカウトされる
～勇者ランキング1位なのに手取りがゴミ過ぎて生活できません～

CONTENTS

Sora Hinokage
and Noy
presents

パワハラ限界勇者、魔王軍から好待遇でスカウトされる

〜勇者ランキング1位なのに手取りがゴミ過ぎて生活できません〜

日之影ソラ

illust. Noy

Characters

アレン
勇者ランキング
１位の最強勇者。

リリス
アレンをスカウトした
Fランクの最弱魔王。

サラ
アレンの生活を支える
専属メイド。

第一章　裏切りの勇者

勇者とは何か？

魔王とは何か？

この二つの問いに対して、シンプルかつ究極的な答えが一つだけある。


宿敵。


勇者は人々の自由のために戦い、魔王は自らの支配のために武力を行使する。故にこそ、互いに反発し合い、出会えばどちらかが倒れるまで戦いは終わらない。

それは宿命とも呼べるだろう。

魔王が生まれる限り、勇者もまた生まれる。勇者がいるということは、倒すべき魔王が存在しているという意味でもある。両者はまったく異なる存在だが、見えない糸で繋（つな）がっている。

因果、運命、業（ごう）……。

それらによって強く結ばれた両者は、離れたくても離れることを許されない。

世間が、世界が、戦うことを強要する。

ただ、この考えは少しだけ古い。

世界は発展した。人々の、悪魔たちの考え方も進化した。

現代では勇者にも、魔王にも、多種多様な解釈が広まっている。しかしそれでも、揺るがない真実があるとすれば……。

互いに滅ぼし合う敵同士。そう、宿敵であることだけだ。

どれだけ勇者が増えようと、どれほど魔王が生まれようと、お互いの根底にある願いは変わらない。

だから戦い続ける。千年前も、現代も、千年後も。

勇者になった者の宿命だ。戦わなくてはならない。

特に、人々の希望を一身に背負うような存在は、決して悪に屈するわけにはいかない。

「っ……ま、魔王！　今の話……本気か？」

「もちろんじゃ。そなたの生活はこのワシが保障しよう。勇者よ」

しかしここに一人、勇者として最大のピンチを迎えている男がいた。

剣を握る手が震えている。身体（からだ）には傷一つ付いていない。対する美しい魔王は玉座に座り、未（いま）だ立ち上がらない。

戦いすら始まっていない光景だが、すでに両者は睨（にら）み合い、恐ろしい攻撃が勇者を襲う。

否（いな）、攻撃ではなく……口撃である。

「そなたは今の勇者業に不満を持っているはずじゃ」

「くっ……」

「人々のため、国のために戦う。じゃがそなた自身の幸福はどこにある？　今、そなたは幸せか？」

「ぬぅ……」

「言わずともよい。ワシはわかっておる。じゃからこう提案しておるのじゃ」

　美しき魔王は玉座から立ち上がり、ゆっくりと歩み寄る。警戒して切っ先を向ける勇者だが、魔王に敵対する意志はなかった。

　勇者もまた、戦うポーズを続けているだけだ。

　それ故に無造作な接近を許している。徐（おもむろ）に近づき、互いに手が届く距離になる。

　魔王が勇者に突きつけるのは魔法ではなく、一枚の雇用契約書。

「勇者よ！　我が城で雇われよ！　この条件でじゃ！」

「……くっ……こんな……こんな好条件で俺が釣れると思うなよ！」

　勇者の心は揺らいでいた。おそらく彼の人生で最大級の動揺だった。なぜ、勇者である彼が美しい魔王の甘言に心を乱しているのか。

　その理由は、彼のこれまでの軌跡に現れている。

十日前――

◇◇◇

人類最大にして最後の国家、エントレス王国。

長い歴史の中で複数の国が一つになり、人間界を統べる大国へと進化して現在に至る。

当時は残っていた小さな国々も、徐々にエントレス王国に吸収され、それを自ら望んだという。もっとも大きな理由は、魔王に対抗できる戦力だった。

人間界とは頃なる大地、悪魔たちが暮らす魔界には、王を名乗る者たちがいる。彼らは力を主張し、自らが魔界の王であることを証明するため戦い続けている。

その戦いの余波は人間界にも届いていた。魔界だけでなく、世界全てを支配してこその王であると、魔王たちは思っている。

故に彼らは人間界へ侵略する。圧倒的な力を前に、無力な人間は諦めるしかない。だが、人間界には悪を退け平和を守護する存在、勇者がいた。

増え続ける魔王に対抗するように、聖剣に選ばれし勇者の数も増え続けている。勇者の名のもとに正義を実行する彼らの権利は、王国に保護されていた。

全ての勇者は王国の庇護下にあり、旅に必要な物資の支援はもちろん、功績に見合った報酬が与えられている。しかし当然、平等というわけではなかった。


「――勇者アレン、此度の働きも見事であった」

「ありがとうございます。陛下」

玉座の間。国王に臣下を含む下の者が謁見するための場所。名を呼ばれた俺は陛下の前で膝をつき、首を垂れる。

「うむ。では此度の戦果に対する報酬だ。受け取るがよい」

「はい。ありがとうございま……す!?」

思わず声が裏返った。騎士たちによって目の前に運ばれた報酬は、大きな木箱に入っている。人が一人余裕で入れそうなほど大きな箱だ。さぞ多額の金銭が入っていると期待するだろう。しかし実際は違う。

「こ、これだけ……」

ちんまりと、大きな木箱の中央にお金が積まれている。

パッと見の金額は、十万エン。大体一般男性が平凡に生活して、半月で消費する金額だった。

「へ、陛下……これだけなのでしょうか……?」

俺は無礼を承知で尋ねた。すると陛下は何食わぬ顔で堂々と答える。

「そうだ。それがお前への報酬だ」

「……」

嘘だろ？

冗談だと言ってくれ。いや、どう見ても冗談を言っている顔じゃないけど。

「なんだ？　不服か？」

当たり前じゃないか。

「陛下、今回私が討伐したのは、数いる魔王の中でもトップクラスの強敵。すでにこちらの街を七か所も壊滅に追い込んだ魔王ルキフグスです。魔王危険度もSランクに指定されております」

「無論知っている。それがどうした？」

「で、ですから……それを倒した報酬としては、これはいささか足りないような……気が……」

ギロっと陛下は俺を睨む。

怖い、怖すぎるよその眼は！

魔王より怖いぞ。どう見ても怒っているよな。で、でも俺が言っていることは間違っていないぞ。

自分で言うのもあれだが、俺はちゃんと成果を残している。すでに二人の勇者が討伐に失敗した強敵を倒したんだ。

その報酬が十万エンって……少なすぎるだろ！

命がけの成果がこれ!?

「つまりお前は、この報酬は間違いだと言いたいのだな？」

「は、はい……」

「うむ、言いたいことはわかった。だが、この報酬額に間違いはない」

キッパリと陛下は答える。

続けて陛下は大きなため息をこぼし、説明を続ける。

「確かにお前の功績は大きい。魔王ルキフグスはSランク指定の魔王だった。本来なら、然るべき報酬を与えるべきだろう」

「で、では！」

「だが、討伐に対する報酬から経費を引く必要がある。今回戦ったのは市街地だったな？　お前たちの戦闘で相応の被害を受けた。その分の修繕にかかる費用は、当然お前が払うべきだ」

「なっ、あ、あれはルキフグスが破壊したものです！　それに私が到着する前に、街はほとんど崩壊しておりました！」

俺は反論する。嘘は一つも言っていない。

俺が派遣された時にはもう、街中が火の海に包まれていた。そこから戦闘によってさらに崩壊したけど、すでに壊れていたものがもっと壊れただけだ。

大体壊したのもルキフグスの攻撃だったし。

俺は最善を尽くした。

その証拠に、俺が到着してからは死傷者を一人も出していないぞ。だからこの反論は真っ当だと思う。

「勇者ならば！」

怒声が響く。

俺の身体はびくりと震えた。

「街への被害も考えて戦うべきだ！　戦う場所が悪いなら誘導しろ！　間に合わなかったなど言い訳にもならん！」

「っ……」

「お前は誰だ？　勇者ランキング一位、『最強』の称号を与えられし勇者アレンであろう！我ら人類の希望、期待の存在！　その期待に応えてこそ勇者ではないのか！」

「……その通りです」

勇者としてはそれが正しい。反論したい気持ちはあるけど、それは個人としてだ。

俺は勇者だから、人々の期待に応えなければならない。その点に関して反論することはできなかった。

俯く俺に、陛下はため息交じりに言う。

「はぁ……これ以上、我々の期待を裏切るようなことをするな」

「……はい」

「では期待しているぞ。最強の勇者アレンよ」

「……」

◇◇◇

勇者アレンが去った玉座の間には、大臣たちが集結していた。

本来彼らがこの部屋に集まることはない。それ故に、誰も気づけない。彼らがこうして集まり、何について話しているかも。

「陛下」

「わかっている。そろそろ潮時だろう」

「ええ。ちょうどいい具合に、我々への反感も溜(た)まっているようです。勇者といえど所詮(しょせん)は同じ人間ですな」

「随分と長くかかったがな。一時は飼いならせるかとも思ったが……やはり不可能だったと今は確信している」

彼らはそろって頷(うなず)く。

そして顔を見合わせ、計画について語る。

「では予定通りに、勇者アレンの処分を決めましょう」

「なるべく世間に美談として認識される終わり方にしたいものですな」

「最後まで面倒を見ないといけない。勇者とは手のかかる子供と変わらん」

「まったくです。いっそ心などなくしてしまえば……我々の道具になるのですが」

彼らは語り合う。

最強の勇者アレンを抹殺するための計画を。

「あとは方法だが」

「陛下、ちょうどよいものがございます」

「ん？　ほう……これは確かに使えるな」

◇◇◇

陛下との謁見が終わった俺は、王城にある自室に戻った。

大きすぎる木箱から報酬(ほうしゅう)を手に握りしめて。片手で収まる程度の金額だ。このくらいなら、街で普通に働いただけで手に入る。

命の危険もなく、過度な責任を押し付けられることもない。

勇者なんてやらなくても稼げる。

「はぁ……」

俺はベッドに倒れ込む。ここ最近は遠征ばかりで疲れが溜まっていた。

特にルキフグスとの戦闘は激しくて、俺も神経をすり減らした。にも拘わらず、得られた報酬はこれっぽっち。どっと疲れが押し寄せて、全身が重い。

「お疲れ様でした、アレン様」

「ああ」

そっと隣に立つのは、俺の専属メイドのサラ。

彼女は俺が勇者になってから、ずっと王都で俺の世話をしてくれていた。

「悪い。少し休みたい。また呼ぶよ」

「かしこまりました」

彼女は部屋から出て行く。

「次はいつまで休めるんだ……？」

俺たち勇者に決まった休みなんて存在しない。

複数の魔王が存在する現代において、勇者に平穏なひと時など訪れるはずもなかった。

俺たちは戦い続ける。もしも終わりがあるとすれば、すべての魔王が討伐された時だろう。

しかし遠い。あまりにも遠い未来だ。いくら倒しても新しい魔王が生まれる。

現在確認されているだけでも、七十二の魔王がいるとされている。

それに対抗するように、勇者の数も増えていった。俺はベッドから徐に起き上がり、国で起こった知らせを記した報告書に目を通す。

「……ああ、また一人増えたのか」

二日ほど前、新たな勇者が誕生したらしい。

これでちょうど百人目。切りのいい数字だから、特に注目されているみたいだ。

「勇者ランキングは……変動なしか」

上位十人はいつものメンバーだ。その頂点にいるのが……勇者アレン。つまりは俺だ。

俺はこの世界でもっとも強い人間で、もっとも世界平和に貢献した勇者と言われている。

勇者ランキング第一位にして、『最強』の称号を与えられた唯一の勇者。なのに……。

「この手取りは少なすぎるだろ……」

命をかけて戦って、手取りは男性の平均月収の半月分。仕事に優劣なんてつけたくはないけど、こっちは常に死と隣り合わせな戦場にいるんだ。

もう少しくれてもいいんじゃないか？

もちろん俺だってお金のために戦っているわけじゃない。苦しむ人々を救いたい。悲しい思いをする人を一人でもなくしたい。だから戦う。

諸悪の根源たる魔王を、一人もこの世に残してはいけないから。でも、俺だって一人の人間なんだ。

飯も食うし、休みもいる。魔王討伐の遠征は、すべて実費だ。俺にとって報酬は、生きていくために必要なものなんだ。

「この金で次の遠征も頑張れってて？　ははっ……冗談きついって」

呆れて笑ってしまう。俺は誰より過酷な戦場にいる。言い方はよくないが、俺より楽な相手を倒してのし上がった勇者も多い。

そういう奴のほうが手取りは多いんだよ。休みも多いし、裕福な生活をしている。

対しては俺はどうだ？

王城に部屋を用意してもらっても、またすぐに討伐の命令が下って出発しなければならない。

一年で王都にいる時間なんて十分の一以下だ。それ以外は常に戦場……仕事場にいる。

「こんなんで生きていけるのかなぁ」

情けない話、最近の心配は世界や人々のことじゃない。俺自身の将来だ。

このまま勇者として働き続けて、果たして満足いく生活ができるのだろうか。天井を見上げながら思う。

無理だよな……たぶん。使い潰されて終わりだ。

勇者に安寧なんて存在しない。俺たちは戦い続ける。終わりなんてない。ならせめて、見合った報酬を貰いたいだけなのに。

「はぁ……」

何度目かわからないため息をこぼす。いくら考えても仕方がない。

今は休もう。そう思って目を閉じた。

トントントン──

「──！」

「勇者アレン様、次の討伐命令が下りました。準備をお願いします」

「……もうか」

サラが戻ってきたのかと思ったが違ったらしい。俺は外には聞こえない小さな声で呟く。

休みなんてない。自分で言っていて悲しくなる。俺には一時ゆっくり目を瞑ることすら許されないのか。

陛下の執事は部屋に入ってくる。彼から陛下の命令書を受け取り、その中身を確認する。

「……これ、間違ってませんか？」

「いいえ、間違いではありません」

「いやでも、これ……」

命令書には討伐対象の情報が記載されている。危険度はわかりやすくランクで表記され、SからFまで存在する。

俺が担当するランクは、大体Aランク以上だ。それ以下は他の勇者が担当する。だけど今回の命令書にはどでかく、Ｆランクと表記されていた。

俺が間違いだと思ったのはそこだ。

「だったらランク表示を間違えていませんか？」

「いえ、それが正しい表記です」

「……」

Ｆランクで間違っていない？

魔王の中でも最下層……新米勇者が担当する最低ランクだぞ。そんな奴の相手を俺に？

「陛下はどういうおつもりなんですか？」

「それは私には答えられません」

「であれば直接伺います」

「それはできません。アレン様は直ちに準備し、魔王討伐に向かってください。これは陛下からの命令です」

鋭い視線と口調が突き刺さるようだ。勇者といえど、陛下の命令には逆らえない。

「……わかりました」

だから頷くしかない。どれだけ理不尽な命令でも、理屈が通っていなくとも。

俺が勇者である限り。陛下の執事が去ってから、サラが部屋に戻ってくる。

「アレン様、夕食の……アレン様？」

「次の依頼だ」

「……そうですか。お気をつけてください。アレン様のお帰りをずっとお待ちしております」

「ああ」

行ってくるよ。

◇◇◇

人間界と同じ大陸の地続きにある魔界は、大陸の約七割を占める。そのほとんどが普通の人間では生活できないほど過酷な環境だった。

彼らは強靭な肉体と精神を持ち、あらゆる環境に適応する。そうして数を増やし、力をつけ、今では人類とほぼ同数、同規模の集団を形成していた。

唯一違うのは、統一されていないということ。人類が一つの国家、一人の王の下にまとまっているのに対して、魔界には魔王を名乗る者たちが複数存在する。

「……やっと着いた」

王都を出発して約十日。魔界入りしたのが一週間前だった。そこから地道に歩いて、走って、空を飛んで移動して。

「どんだけ辺境にあるんだ。ほとんど魔界の端っこじゃないか」

何もない枯れた森の先に丘があった。

その丘に魔王城がある。Fランクの最弱魔王にしては立派な城が建っていて少しだけ驚いた。規模だけなら最上ランクの魔王が構えている城と変わらない。人類国家の城より大きく、禍々しく、黒が似合う。

俺は討伐命令書を開いて覗く。

「魔王リリス……か」

肩書に似合わない立派な城に住む魔王。果たしてどんな奴なんだ？

俺は気を引き締めて魔王城の敷地内に踏み込んだ。すでに敵のテリトリー内だ。

いつ強力な悪魔が襲ってきてもおかしくない。

「……どうなってるんだ？」

誰もいない。何もいない。最初は罠かと疑ったが、本気で気配がない。

広すぎる魔王城の中は静寂に包まれている。

「ありえないだろ。ここ魔王城だよな」

普通は幹部が待ち構えていて、魔王の元へ向かう勇者と戦う。幹部を倒していくと最後の部屋に魔王がいて戦闘開始……みたいなことが普通だった。

誰もいないってことあるか？

いやよく考えたら、ここにたどり着くまでも不自然だった。敵と一切遭遇しなかったのは今回が初めてだぞ。

「まさかもう他の勇者……はないか。別の魔王に倒されたか？」

その可能性はある。魔王たちは彼ら同士で勢力争いをしている。

自らが強くなるため、戦力を手に入れるために格上に挑んで敗れたのか。だとしたら尚更おかしい。これだけ立派な城があるんだ。

倒したなら奪ってしまえばいいものを放置している。

「本当にどうなって――!?」

俺は身構える。奥から気配がする。禍々しい魔力が漂っている。

直接見なくてもわかる。間違いなく、この先に魔王が待っている。

俺はゆっくりと歩みを進め、巨大な扉で閉ざされた部屋を見つける。

罠はない。堂々と、まっすぐに部屋へと入った。

「よく来たのじゃ。勇者よ」

スタイルのいい女の魔王が玉座に座って待ち構えていた。

俺はホッとした。わざわざ遠くまで足を運んでスカったんじゃ洒落にならない。

Fランクでも魔王は魔王だ。倒せば一応の報酬は貰えるだろう。

「ぬしが『最強』の勇者アレンじゃな？」

「――？　そうだが？」

「そうかそうか。ならばワシの招待状はちゃんと届いたようじゃな」

「招待状？」

俺はキョトンと首を傾げる。すると女魔王はむっと眉をひそめた。

「なんじゃ？　ワシからの招待状を受け取ったから来たわけじゃないのか？」

「さっきから何の話だ？」

「招待状じゃよ。正確には果たし状じゃが……勇者アレンとの一騎打ちを望む。そう記した手紙をぬしらの城に送ったはずじゃよ」

「果たし状？」

俺を魔王側から指名した？

そんな話はまったく……いや、そういうことか。

「合点がいったよ」

なぜFランク魔王の討伐に俺が指名されたのか。指名したのは陛下じゃなくて、魔王本人だったわけか。

「なるほどな……」

要するにこいつのせいで、俺の貴重な休みがなくなったと？

そう思うと急にムカついてきた。

「さっさと始めよう。俺はこう見えて忙しいんだ」

「あいにくじゃが、ワシに戦う気はない」

「……は？」

「争う気はないと言っておるのじゃ」

戦う気満々だった俺の戦意がそがれる。この女魔王は何を言っているんだ？

戦う気がない？

果たし状まで送っておいて？

「だったら……何のために俺を呼んだんだ？」

「スカウトするためじゃよ」

「……スカウト？」

女魔王は手を差し伸べる。俺に向けて。笑みを浮かべながら。

「そうじゃ。最強の勇者アレンよ、ワシの下で働く気はないか？」

「……」

数秒、意味を考えた。スカウトと言った。

勇者である俺を魔王の部下にしようって？

そういう意味か？

「……は、はは……」

思わず笑ってしまう。当然、呆（あき）れた笑いだった。

「お前、何を考えているんだ？　俺は勇者だぞ」

「無論知っておるよ」

「だったら自分が言っていることの愚かさもわかるよな？　勇者が魔王に雇われるわけがないだろう？　俺たちは互いに敵同士。負ければ全員皆殺し、千年以上も前からずっとそうしてきたんだ」

わかり合えるはずがない。勇者は人々の平和のため、魔王は己の欲のために戦う。

両者が交わるとすれば刃のみ。戦い以外に道はなく、終着点はどちらかの滅亡だ。

「俺を利用したいなら無駄だぞ。誘惑するならまだ、新米の勇者にするべきだったな」

俺にその気はない。だから、もう戦いを始めよう。

俺は聖剣を取り出そうとした。だが、彼女は未だに敵意を見せない。

「ぬしだからこそじゃ」

「……なんだと？」

「知っておるぞ。ぬしは現状に不満を抱えておるな」

「う……」

なぜそれを知っている？

「過酷な労働環境に対して報酬の安さに、毎度泣かされておるじゃろう？」

「ど、どうしてそれを……」

誰にも話してないのに。

まさかこの魔王……人の心が読めるのか？

「残念じゃがワシに心を見透かす力などない。ただ、知っているだけじゃ」

「どういう……」

「大変じゃったのう。今回も大した報酬はもらえんかったようじゃな。あんな少額では生活するのもままならんじゃろう？」

「くっ……」

こいつ全部知ってやがる。

本当に心が読めるんじゃないのか？

疑問を抱く俺に対して、妖艶に笑う魔王は小さな棒状の結晶を取り出し、地面に転がす。

「秘密はこの魔導具じゃ。ワシが望んだ相手の本心を見ることができる。一度しか使えんが、離れている相手にも有効じゃ。便利じゃろ？」

「そんなものがあるのか……」

魔導具の効果で俺の心の奥を覗かれたのか。魔王たちにとって俺は最大の脅威。弱みでも握るつもりだったのかもしれないな。

「勇者とは酷な存在じゃな。その存在意義故に、報酬を要求することもできん。ぬしらとて人間、飯を食らい休まねば生きていけぬというのに」

「……」

その通りだよまったく。魔王のほうが俺のことをわかっているじゃないか。

なんだか悲しくなってきたぞ。

「このまま勇者を続けても、いずれ使い潰されるのが落ちじゃ。ぬしはそれでよいのか？」

「……よくは……」

ない。それでも俺は——

「勇者だ。魔王の甘言には屈しない。お前たちは人々を苦しめる。私欲のために力をふるう暴君だ！」

「ワシは違う。ワシの目的は、全種族の共存じゃ」

「なっ……」

共存だと？

全種族の？

「無論人間や悪魔だけではない。他の亜人種も含めた共存じゃ」

「お前……」

俺は耳を疑った。正確には、自身が持っている加護を。

【審判の加護】。この力によって俺は、相手の言っていることが嘘か本当か判断できる。だからわかってしまうんだ。

この女魔王が、本心から共存を望んでいることが。

「共存のためには力がいる。ワシ一人では無理じゃ。じゃから、ぬしの力を貸してほしい」

「……」

「もちろん好待遇を約束しよう。固定給に加えてボーナスもありじゃ。休みも一週間に二日は必ずつけよう。有給休暇も最初から十日はつける。年間の休日数はざっと百二十日。その他保障も充実しておるぞ」

「な、なんだその……」

好条件は！

固定給だって？

勇者にそんな概念存在しなかったぞ。全部でき高制だからな。

そこにボーナスが加わって、しかも年の三分の一が休みだって？

天国にもほどがある。

「だ、騙されないぞ」

「嘘ではない。ワシら悪魔は契約に従う。条件を受け入れるならワシと契約を結んでもらおう。そうすればワシは契約を履行しなければならなくなる」

契約違反には罰が発生する。

それが悪魔と交わす契約の肝になる。たとえ相手が勇者であっても。口では嘘をつけても、契約に嘘はつけない。

それが悪魔という存在だと、俺は誰よりも知っている。

「改めて言おう！」

「や、やめろ」

その言葉は俺に効く！

「勇者よ！　我が城で雇われよ！　この条件でじゃ！」

「……くっ……こんな……こんな好条件で俺が釣れると思うなよ！」

過去最大級の動揺が俺を襲う。おそらく過去にも未来にも、俺がこれほど追い込まれることはないだろう。

そう思えるほど心が揺れていた。提示された条件は、現在の労働環境とは比較にならないほどホワイトだ。

魔王の部下であるという点だけ除けば、これほど素晴らしい環境は他にないだろう。

俺が勇者でさえなければ何も考えず、喜んで契約書にサインしていたに違いない。

「くっ……だが俺は勇者……」

「なんじゃまだ足りんのか！　だったら城で出る食事は全部タダじゃ！」

「タダ!?」

「専属の召使いも付けてやろう！　これでどうじゃ！」

「ぐっ……」

なんて巧みなコンビネーションなんだ。俺を惑わす天才だなこの魔王は。

正直かなり効いている。契約書にサインしてしまいたい欲求を、勇者の責任感が引き留める。

「まだ足りんのか？　いい加減素直になれ。でないと時間が……」

「時間？」

「な、なんでも、う、うわ！」

急に女魔王が慌てだす。身体から謎の煙が立ち上り、小さな爆発が起こる。

自爆したように見えたがそうじゃない。煙の中から姿を見せたのは……。

「こ、子供？」

「もう五分経ってしまったのか！」

「ど、どういうことだ？」

さっきまで玉座に座っていた女性はどこだ？

代わりにちんちくりんな子供が座っている。雰囲気は近いし、髪色は同じ紅蓮。まさか……。

「お前が魔王リリス？」

「他の誰に見えるのじゃ！」

声まで可愛らしくなって。ものすごく弱くなっているけど、感じる魔力の質は先ほどの女性と同じだ。つまり二人は同一人物だということになる。

「お前が魔王？」

どう見ても子供の悪魔だ。しかも感じる魔力の総量は、下級悪魔と変わらないほど低い。

これで魔王だって？

「……騙してたのか」

「ち、違う！　ワシは本当に魔王なのじゃ！　ただちょっと未熟で……けど本当なのじゃ！」

彼女は叫ぶ。人間の子供のように。

見た目も角と尻尾を除けばただの女の子だ。彼女の言葉に嘘はない。俺の加護が、そのことを証明している。

「なら、どうして子供が魔王に……？」

「それは……」

彼女は俯く。何やら込み入った事情がありそうな雰囲気だ。

ただ、姿を偽っていたのも事実。となれば先ほど提示した条件も嘘……？

「勇者アレン！」

「――？」

「なんじゃ？」

唐突に、俺の背後に三人の青年が現れた。全員が王家の紋章の入った服を着ている。

それにこの雰囲気……同業者だ。ただ顔も名前もわからない。おそらく勇者ランキングは下のほう、もしくは駆け出しか。

三人のうちオレンジ髪をした勇者が言う。

「陛下の命で助力に来ました！」

「助力？」

「勇者アレンを指名しての決闘、何かあるかもしれないと陛下は心配なされたのです」

今度はメガネをかけたインテリふうの勇者がそう説明した。

陛下が俺の身を気遣ってくれたのか？

「オレたちが来たからにはもう安心だぜ！　って、そっちのちっこいのが魔王か？」

がたいのいい筋肉質な勇者がキョトンとした顔を見せる。そういう反応にもなるだろう。

「一応そうらしい」

「へぇ……まだガキじゃねーか」

「とはいえ魔王である以上」

「ああ、放置はできない。ここで討伐させて貰うぞ！」

三人の敵意がリリスに向く。リリスは明らかに怯えていた。魔王らしくない。ただの子供みたいじゃないか。

「待て。彼女のことは俺に任せてくれ」

「勇者アレン？」

「ここは俺一人で大丈夫だ。せっかく助太刀に来てくれて悪いがもう戻ってくれていい」

「……そういうわけにはいかないんですよ」

気持ちはわかる。勇者として魔王を見過ごせないんだろう。だが相手はまだ子供だ。戦う意思のない相手を一方的に倒すことは単なる虐殺でしかない。勇者はただの破壊者じゃないんだ。

「心配ないから、俺にまかせ——え？」

胸が痛い。何かが刺さっている？

魔王の攻撃？

視線を先に、いや……彼女は何もしていない。じゃあ……この胸に突き刺さる刃は？

「お前……」

「帰るわけにはいかないんですよ。俺たちの任務には、勇者アレンの抹殺があるんですから」

「なっ……ぐお……」

心臓から刃が引き抜かれる。全身に痛みが走る。胸が苦しい。けど、そんなことよりも疑念が脳内で駆け巡る。

「どういう……ことだ！」

「陛下からのご命令です。勇者アレンは王国に敵対する意志がある。即刻抹殺せよとの」

メガネの勇者が俺の元にやってきて言う。

敵対する意志だって？

そんなの持っているはずがないじゃないか。

「そんな馬鹿げた命令……陛下がするはず……」

「あるんだなーそれが。ランキング1位のあんたの報酬（ほうしゅう）、俺ら低ランク以下だぜ？　笑っちまうよな！　そうやってストレスかけてあんたがつぶれるのを待ってたみたいだが……」

俺がつぶれる……何を言っているんだ？

「わからねーか？　あんたは強くなり過ぎたんだよ。部下に置いておくにはやっかいなほどに」

「お前たちは……」

「悪く思わないでください、先輩。これも人々の平和のためです」

「……なにが……」

平和のためだ。俺は倒れ込み、心臓から血が洪水のように流れだす。

「さーて、次はあれか」

「ええ」

「俺たちはラッキーだな。こんなんでも魔王なら、倒せば報酬が貰（もら）える」

「貴様ら……それでも勇者か！」

魔王リリスが怒っている。しかし三人の勇者は動じない。

「勇者だよ。だから君を殺すんだ」

「っ……」

「逃げようとしても無駄だよ。君はこれから、俺の聖剣の錆に――」

カラン！

金属が床に落ちる音が響いた。静寂の中で、全員の視線が一点に集中する。

「俺の……俺の聖剣が！」

折れている。否、折られていた。

「――ったく、舐められたもんだな」

「「「!?」」」

驚愕の視線が俺に向けられる。ゆっくりと立ち上がり、身体についた埃をはらう。

血はさすがに拭えないな。あとで洗濯しないと。

「な、なんで……」

「なんでって、心臓を潰された程度で死ねるなら、俺はとっくの昔に墓の中だよ」

刺された心臓は、体中をめぐる聖剣たちの力によってすでに治癒している。

痛みと出血こそあるが、致命傷にはならない。

「俺を殺したいなら、首をしっかりはねるべきだったな」

「下がってください。ここはボクたちが！」

「ミンチにしてやるぜ！」

残る二人が聖剣を抜く。

「やめておけ」

「「――――!!」」

直後に聖剣は砕かれた。俺が手にする白刃の聖剣によって。

「お前たちじゃ俺には勝てない」

「そ、その聖剣が噂の……」

「原初の聖剣……」

俺が手にする聖剣こそ、あらゆる聖剣の原点にして頂点。聖なる力の集合体。あらゆる悪をさばき、斬り裂く最強の力だ。

聖剣を砕かれた彼らに勝ち目はない。いや、元より勝算などない。俺は勇者ランキング一位の、世界最強の人間だから。

「魔王リリス、さっきの話を受けようと思う」

「……え?」

「え、じゃない。お前に雇われるって話だ」

「ほ、本当か!」

「ああ」

リリスは無邪気に瞳を輝かせる。

そんなに嬉しいのか。まっすぐ純粋な期待を向けられるのは気分がいい。しばらく忘れていた感覚だ。

「しょ、正気か！　勇者が魔王の部下になるなんて！」

「……こっちのセリフだ。俺を裏切って殺そうとしておいて、正気も何もないだろ？」

王国は、陛下は俺を不要だと切り捨てた。

強大な力を持った俺を傀儡として、使い潰すつもりだったんだろう。それができないと判断して、自分たちに不満の矛先が向く前に処分することに決めた。

すべては陛下自身の欲のために。

「まったく、どっちが魔王なんだか。……お前たちもだ」

俺は三人を睨む。

「勇者が戦うのは人々の平和のためだ。ランキングのためなんかじゃない」

俺も地位や名誉が欲しくて戦ったわけじゃない。

報酬に不満はあっても、一度も手を抜いたことはないし、金なんて貰えなくても困っている人がいれば助ける。それが勇者というものだ。

俺を含むすべての勇者はそうあるべきだと思っていた。だけど……。

「お前たちのような奴らが勇者なら……俺はこんな称号いらない。今この瞬間をもって、俺は勇者ではなくなった！　俺はこれより魔王の剣だ」

私欲のために剣を振るう。聖剣よ、どうか俺の我儘を許してほしい。

「ぐっ」

「この突風は！」

「た、立ってらんねぇ」

軽い一振り。攻撃ですらない。勇者であることを捨てることを、聖剣は怒ることはなかった。

今もこうして俺の右手に握られている。

聖剣は正義の心に宿る。ならばこの選択も、一つの正義なのかもしれないな。

「去れ。一分以内だ」

「――っ！」

「それ以上は待てない。死にたくなければ――」

直後、三人は駆け出した。背を向けて、無様に。俺の最後のセリフも聞かずに逃げ出した。

「はぁ……」

「に、逃がしてよかったのか？」

魔王リリスが心配そうに俺の顔を覗き込む。

「いいんだよ。あいつらには伝えてもらわないと困る。俺の意志を、陛下に……」

これで本当に、俺は勇者じゃなくなったな。

どうしてだろう？

大きな選択をしたはずなのに、心はとても軽やかで清々しい。ずっと縛られていた鎖が砕かれ、自由になったみたいだ。

「悪くないな」

俺はリリスのほうへ視線を向ける。

「契約しよう。俺は今からお前の部下だ」

「う、うむ！」

「ただし忘れるな！　あの条件はしっかり守ってもらうぞ！　破った時は覚悟しておけ」

「も、もちろんじゃ！　悪魔は契約にはうるさいからのう。しっかり守る！」

「そうか。なら、期待してるよ」

この日、俺は幼い魔王リリスと契約を結んだ。彼女の下で戦い、共に全種族の共存を目指すことを。おそらく世界で……否、歴史上初だろう。

勇者が魔王に雇われた。

この選択が、世界に大きな波紋を呼ぶことになる。

第二章　最弱の魔王

アレンが勇者をやめた日の王国。

「勇者様ぁ」

「ダメよ。今度は私」

「えぇ～　もう待てないよ～」

女たちが一人の男に群がっている。ベッドに足を伸ばして座る男の左右上下に女が一人ずつ。その後ろにも数人いて、全員が男を求めていた。

男はニヤリと笑みを浮かべて、スリスリする女の頭を撫でながら言う。

「心配しなくても僕は逃げないよ。ちゃんと一人ずつ、ゆっくり可愛がってあげるから」

「いやーん」

「……」

その様子を見つめる男がもう一人。仏頂面で睨むように女に囲まれた男を見つめている。

彼はしびれを切らしたように口を開く。

「勇者シクスズ、そろそろ話をしてもよろしいですか？」

「ん？　僕は別に、いつでも構わないんだよ」

「……これは陛下から重要な命令です。部外者は退出していただきたい」

「部外者ってひどいな～　彼女たちはみーんな僕の大切な恋人たちだよ？　関係者だ」

シクスズは女を抱き寄せ主張する。国王の使いである執事は、シクスズをギロっと睨む。

ニヤリと笑うシクスズ。

「冗談だよ。そんな怖い顔をしないでくれ」

シクスズは女たちから手を離す。女たちは不満そうな顔をするが、よしよしと頭を撫でられるとふにゃっと力が抜けていく。

彼は小声で、また後で遊ぼうねと彼女たちに伝え、部屋の外へと誘導した。隣もシクスズの部屋になっていて、扉一枚で繋がっている。

最後の一人が出て行き、ばたんと扉が閉まる。

「まったく、そんな怖い顔しているとモテないよ？」

「余計なお世話です」

「ははっ、相変わらずお堅いな～　レギーちゃんは」

「……これ以上ふざけるのであれば、陛下に貴方に反抗の意志があると伝えます」

国王の執事レギーには、様々な特権が与えられている。国王の指示に従う忠実な家臣である彼は、大臣たちからも信頼されていた。

彼の言葉を国王や大臣たちは信じるだろう。

場合によっては、彼の一言は国王の意志に等しい。ただし、勇者が相手ではそれも発揮されない。勇者シクスズはまったく動じない。

「怖いなぁー。そうやって僕も処分するつもりかな？　アレン君みたいに」

「――！　どうしてそれを」

「知らないわけないじゃないか。同じ勇者の、しかも第一位の情報だよ？　誰だって知っておきたいさ。僕の素敵な彼女たちの情報網を侮らないほうがいいよ」

勇者シクスズはニコリと微笑む。

未だ国王と一部の大臣しか知らない極秘情報。勇者アレンの抹殺計画を、どういうわけか勇者シクスズは知っていた。

レギーはごくりと息を呑む。

「知っているのであれば話は早いでしょう。陛下からのご命令はまさにその件です」

「失敗したんだね」

「……」

「そこは素直に答えてほしいなぁ。じゃないと対策も練られない」

勇者シクスズは命令に対して前向きな姿勢を見せた。レギーは小さくため息をもらし、シクスズに現状の報告をする。

「――以上です」

「なるほどね。まぁ不意打ちでも新米勇者三人じゃ無理だね。人選を間違えたんじゃないかな？」

「陛下を侮辱するおつもりですか」

「馬鹿にしてるわけじゃないよ。ただ甘いと思ってね。で、今度は僕にその役目をしてほしいってことかい？」

レギーは小さく頷く。真剣な表情で追加説明をする。

「次は失敗できません。貴方のように、事情を知る人間が増えれば王家の信頼に影響します。何より魔王と勇者が手を組んだなど……前代未聞の事態です」

「それを引き起こしたのは君たちの失敗だけどね」

鋭い指摘に返す言葉も出ない。

まさにその通り。切り捨てようと画策し、失敗したからこそ恐るべき事態に発展した。

「ですから、貴方に命令が下りました」

「おいおい冗談だろ？　僕にアレン君を倒せって言っているのかい？　彼は最強の勇者だよ？」

「……その心配は不要かと。手を組んだ魔王は女です」

「――へぇ」

シクスズがニヤリと笑みを浮かべる。

女たちを侍（はべ）らせていた時と同じ、ねっとりといやらしい笑みを。

「なるほどね。陛下の狙いは読めたよ」

「では」

「うん、そういう話なら喜んで引き受けよう。アレン君が女だったら庇（かば）うところだけど、男だからねぇ～　別に殺しちゃっても問題ないや」

「……それはお願いいたします」

レギーが部屋を立ち去ろうとする。背を向けた彼を呼び止める。

「待った。報酬（ほうしゅう）の話がされていないよ」

ピクリと反応して立ち止まり、レギーは振り返る。

「いつも通りでよろしいですか？」

「うん。でも今回は結構ハードそうだしぃー、そうだな～　百人でいいよ」

「……」

「綺麗で可愛（かわい）い女の子百人を僕に献上してくれ。それで引き受けようじゃないか」

勇者シクスズ、彼の望みは世界平和でも、王国の発展でもない。彼が求めているのは……女。

「わかりました。陛下にそうお伝えします」

「頼んだよ。レギーちゃん」

「では失礼します」

今度こそ部屋を出るレギー。速足で部屋の前から移動して、扉が見えなくなったところで歩速を緩める。

「はぁ……」

そして盛大なため息をこぼした。疲れと憂いの原因はわかりきっている。

「あれが勇者……？　どこがだ」

勇者ランキング第七位、勇者シクスズ。自他ともに認める色男で、本人は女好きでも有名である。

魔王を倒す度に報酬として美女を要求し、そのすべてを自身の恋人にしている。すでに恋人の数は三桁に突入しており、あと数年で四桁に到達すると言われている。

「陛下はあんなのを残しておくつもりなのか？　勇者アレンのほうがよっぽどマシだろう。あんな……っ」

不満はある。しかし、その実力は確かだった。

ただ女にモテるだけで、勇者ランキング七位にはなれない。

相応の実力があるからこその地位。此度の指名も、彼ならば単独で勇者アレンを倒すことが可能と国王が思っているが故。

「……いっそ……」

負けてしまえばいい。そんな私情を口にすることはできない。

彼は国王の忠実なる部下。国王の意志を支持し、その命令になんの疑いもなく従うだけ。

そう、これまでも、これからも。

◇◇◇

勇者と魔王は敵同士。出会えば殺し合い、どちらかが滅びるまで戦いは終わらない。

手を取り合い、助け合うなんて夢物語。と、誰もが思っているだろう。

一体誰が信じられる？　勇者と魔王が手を組んだなんて。

「まだ夢を見ているような気分だ……」

勇者の労働環境がゴミすぎて、魔王から部下になれと勧誘されたり。迷っていたら勇者たちがぞろぞろ来て、増援かと思ったら俺を殺すために派遣された奴(やつ)らで、なんやかんやで撃退したけど、俺を裏切った陛下に嫌気がさして魔王の勧誘を受けた。

なんて、説明したところで誰も信じないだろうな。

特に国民は理解してくれない。彼らにとって勇者は希望であり、平和の象徴なのだから。

罪のない人々を不安にさせることに罪悪感はある。けれど同時に肩の荷が下りて心が軽くなった気がする。

「ようやく解放されたんだな……」

過程はどうあれ俺は勇者じゃなくなった。これから新しい生活が始まる。

と、その前に……。

「いろいろと説明してもらうぞ」

「……はい」

確認すべきことを問い詰めるとしよう。この魔王を名乗る悪魔の少女に。

「な、何が聞きたいんじゃ！　条件は全部話した通りじゃ！」

「そこはわかってる」

「ならさっさと契約書にサインするのじゃ！」

玉座にちょこんと座った魔王リリスは、契約の刻印が記された紙を俺に見せつける。互いの血を使って名を刻むことで、お互いを縛る契約の儀式。古臭いやり方だが、悪魔らしい方法での契約だ。

①契約期間――二年（申告がない限り自動継続）。
②就業場所――魔王城および魔界全域（人間界への出張も有）。
③始業・終業時刻――午前九時始業、休憩一時間、午後六時終業。
④残業時間――週十時間程度（業務内容によって前後）。
⑤休暇――週休二日制（休日出勤有）。

⑥賃金支払い――別途記載。
⑦退職に関する事項――しないでほしい。

「……」

ところどころツッコミ箇所はあるけど、そこは置いておこう。子供なりに頑張って作ったことを褒めるべきか。

賃金に関してちゃんと支払われるか疑問だが、提示されている額面は勇者時代よりも少し多いくらいだ。勇者時代は働きに見合ったお金を貰えなかったし、今の状況なら十分だろう。

これにサインすれば、俺はリリスの部下になる。

「ぬしは勇者を辞めてワシの下で働くと言った！　そうじゃろ！」

「そのつもりだよ。けど、契約する前に確認したいことが山ほどあるんだ。場合によっては契約も考え直させてもらうぞ」

「うぅ……じゃから何を聞きたいんじゃ」

「そうだな……」

玉座に座った彼女を上から下へじっと観察する。

改めて見ても小さい。背丈もそうだが、感じる魔力が弱々しい。見た目の悪魔らしさを除けば、どこにでもいる可愛らしい少女でしかない。

とてもじゃないが、これで魔王を名乗るなんて不遜もいいところだ。

ただ、彼女は嘘をついていない。その言葉に偽りはなかったと、俺の加護が言っている。

俺はため息をこぼす。

「お前が魔王だってことは、まぁ仕方ないから認めるとして」

「仕方ないとはなんじゃ！　ワシは歴とした魔王じゃ！」

「あの時の姿はなんだ？」

「……なんのことじゃ？」

「俺と対面した時の姿だよ。もっと年上の姿だっただろう？」

脳裏に思い浮かべる。対峙した時の、玉座に座る美しい悪魔の姿を。彼女から感じた魔力、威圧感はまさに魔王と呼ぶにふさわしかった。

あれがリリスの本来の姿なのだとしたら、魔王と名乗るに不足はないだろう。

問題は、なぜその姿を保てないのか。

「あれは……ワシの成長した姿じゃ」

「成長？　お前は時間操作系の能力を持っているのか？」

「ワシのじゃない。お父様が残してくれた力じゃ」

そう言って彼女は胸元からペンダントを取り出し、俺に見せる。

赤い宝石の入ったペンダントだ。ただのアクセサリーじゃないことは、一目でわかった。異質な魔力を宿している。

「お前の親は魔王だったのか」

「そうじゃ。ぬしも名前は知っているはずじゃ。最厄の魔王の名を」

「――最厄の！　大魔王サタンか」

もちろん知っている。俺でなくても、人類がその名を忘れることはないだろう。

百年前に存在した史上最強にして最悪の魔王。数多の魔王たちを従えていたことから、過去唯一大魔王と呼ばれた存在。

当時の勇者たちが全員で挑み、ようやく相打ちで倒したと言われている伝説の存在。

「お前……サタンの娘だったのか」

「……そうじゃ」

俺は息を呑み、納得した。なぜ幼い彼女が魔王と名乗り、こんな大きいだけで何もない城にいるのか。ここはかつて、大魔王サタンの城だったのか。

彼女がここにいる理由もなんてことはない……自分の家だから。現代において、魔王を名乗ることは難しくない。

勇者のように特別な資格は必要なく、名乗るだけなら誰でもできる。ただし、名乗った直後からすべての悪魔が敵になるんだ。

魔王の座は誰もが狙っている。それを名乗った時点で、地位や力を求める悪魔たちの標的になり、俺たち勇者の討伐対象にもなる。

故に半端な力で魔王は名乗れない。寿命を縮めるだけだ。それでも彼女は魔王だと名乗った。

勇者である俺の前でハッキリと、魔王リリスの名を口にした。

「……お前は、父親の遺志を継いで魔王になったのか」

「そうじゃ！　ワシはお父様のような大魔王になる！　大魔王になって必ず、お父様の夢だった共存を実現させるんじゃ！」

彼女は玉座の上で立ち上がり、力強い目で意志を口にする。

俺の加護は反応しない。つまり、この言葉と覚悟に嘘はないということだ。

笑ってしまうよ。大魔王の娘が、勇者みたいなことを口にしている。

「だから絶対……う……」

「おい！　どうした？」

「サインを、して、ほしいの……じゃ……」

「ちょっ、嘘だろ!?」

急にバタンとリリスが倒れる。慌てて抱きかかえる。

「スゥー」

「寝てるのか？」

リリスが見た目通り子供ならば、ずっと気を張っていたのかもしれない。

「……ったく、これじゃ聞けないな」

俺は彼女を抱きかかえなおして、魔王城の中で寝室らしき部屋を探し、ベッドにリリスを寝かせた。

隣の部屋が空いていてベッドもある。今夜はここで眠るとしよう。

「ふぅ……」

さすがに俺も疲れた。一日でいろいろなことが起こりすぎなんだ。

「聞くのは……明日で……いいか」

◇◇◇

夢を見る。平和な世界に、穏やかな日常。なんてことはない普通の人生を歩む自分がいる。

夢みたいだ。そう思えてしまうほど、俺の現実は過酷で厳しい。戦い続けるしかない。

なぜなら俺は――

「うう……ああ……」

見慣れぬ天井を見つめる。

そうだ。俺はもう、勇者ではなくなったんだ。しばらくじっと天井を見つめ、感慨にふける。

「……起きるか」

むっくりと起き上がり、ベッドから降りて部屋を出る。

魔王城の中は静かだ。窓の外は暗い。魔界は常に夜だから、時間の感覚が乱れる。

今は何時だろう？

俺はどれくらいの間眠っていたのだろうか。考えているうちに扉の前に到着する。すぐ隣の部屋だから当然か。

トントントン――

「もう起きてるか？」

返事はない。数秒の静寂を挟み、もう一度ノックをして呼びかけた。

二度目の返事もなかった。鍵がかかっているわけでもない。

一応女の子の部屋だからノックしたが、相手は子供だし気にしなくていいか。

そう思って扉を開ける。ベッドのほうへ近づき、彼女を見下ろす。

「スゥー」

「なんだよ。まだ寝てたのか」

彼女はベッドで眠っていた。大きく広いベッドなのに、真ん中で丸まるように。

猫みたいだな。

「気持ちよさそうに寝やがって」

こうして見ていると、人間の子供と大差ない。

俺たちがイメージする悪魔とは違う。人間にとって悪魔は邪悪な存在だ。ただ、俺たち勇者は知っている。悪魔だから悪いわけじゃない。

悪い行いをする悪魔が目立つだけで、それ以外に善良な悪魔もいることを。旅をしていれば自ずと見えてくる。だから信じられた。

共存を願うという彼女の言葉も、大魔王がそれを望んでいたことも。

「いい加減起きろ」

俺は彼女の肩をゆする。

リリスは眉をぴくっと動かして、ゆっくり目を開ける。

「う……」

「起きたか？」

「……お父様？」

ぼそりと呟き、俺の手をぎゅっと握ってくる。

俺を父親と勘違いしているみたいだ。

「っ、おい寝ぼけてるのか？　大魔王と勇者を見間違えるなよ」

「……勇者？」

「そうだ。もう勇者じゃないけどな」

「……勇者!!」

リリスは飛び起きた。

寝ぼけ眼がパッチリと開いて、ベッドの上で立ち上がる。

「な、なぜこの部屋におる？　ワシに何をしたのじゃ！」

「何もしてない。お前が急に寝たからここに運んだだけだ」

「は、運んだ？　それだけか？　ワシの身体にえ、エッチなことしたり……変態勇者！」

「かってに決めつけるな！　お前みたいなチンチクリンに興味ないわ！」

「な、なんじゃと！　ワシだって成長すればボンキュッボンのナイスバデーになるんじゃぞ！」

「だったらそうなってから出直してこい！」

互いに息を切らし、言い合いきったところで落ち着く。

起き抜けに叫ぶと疲れるな。大きく息を吸い、落ち着かせるように長く吐き出す。

ふと、彼女の胸元に目が行く。

「そのペンダント、父親の形見か？」

「——そうじゃよ。お父様がワシに残してくれたものじゃ……この力のおかげで、ワシは一時的に大人の姿になれる。ワシが一人になっても生きていけるように」

大魔王は娘を守るために力を残した。自分が討伐される未来を予見していたのだろうか。

詳しく聞きたかったが、止めた。父を思い出すリリスの表情が、今にも泣きだしそうだったから。大人の姿の疑問は解消したし、一先ずよしとするか。

「リリス、昨日の続きだ」

「つ、続き？」

「質問に答えろ」

「な、なんじゃ！」

身構えるリリス。俺は部屋をじっくりと見回し、扉のほうへ視線を向ける。

誰の気配も感じない。この魔王城内で感じる気配は、目の前にいる幼い魔王と自分だけだ。

「他の部下は？」

「も、もちろんおるぞ！」

「そうか？　城の中にはいないようだけど？」

「い、今は外に出ておるだけじゃ。ちゃんとおるぞ！」

ムキになる様子が怪しい。ただ、加護が発動しないということは嘘ではない。

部下はいるようだ。

「ちなみに何人だ？」

「に、百人じゃ！」

加護が反応した。

「嘘だろ」

「な、なんでわかるんじゃ！」

「そういう加護を持ってる。俺に嘘は通じないぞ」

「うぅ……」

リリスは悔しそうな顔をする。加護がなくてもこいつの言い方ならわかった気がする。表情に出ている。わかりやすすぎるだろ。

「本当は？」

「……ふ、二人じゃ」

「二人か。ま、そんなとこだろうな」

予想はしていた。これだけ広い城に誰もいない。その時点で大半の部下たちには逃げられたか。もしくは百年前の戦いで全滅したか。

二人でも残っているだけマシだっただろう。

「いつ戻ってくるんだ？」

「……わからん」

「は？」

「わからんのじゃ！　一人は武者修行とか言って出て行ったし！　もう一人は研究対象を探しに行くとか言ってた！　十年は帰ってきておらん！」

リリスは声を荒らげる。怒っているのか口調も荒く、唾がたくさん飛んできた。

それは逃げられたんじゃないのか？

「実質一人だな」

「む……」

「だったらお前、一人で暮らしてたのか？」

「そうじゃよ。何か文句でもあるのか！」

この広すぎる城で一人きり……父親がいなくなったのは百年前だとしても、十年は一人だったことになる。

悪魔の寿命は長い。百年でも、人間に換算すれば十歳にも満たない。

そんな子供がたった一人……。

「凄いことだよ。十分な」

「へ？」

無意識だった。俺の手は勝手に、彼女の頭を優しく撫でていた。

「な、なんじゃ急に！」

「あ、悪い。なんか勝手に……手が動いたんだ」

むすっとした彼女から手を離す。

撫でられている間は、まんざらでもなさそうな顔をしていたな。

「……他に聞きたいことは？」

「ない。もう十分だ」

「そ、そうか。それで……どうするのじゃ？」

彼女は恐る恐る尋ねる。縋るような視線が俺に向けられる。

「そうだな……普段は子供で、部下もほとんどいない魔王城……」

「ぅ……」

「そんな場所に一人でいるっていうのは、寂しいよな」

「なんじゃ……何が言いたいんじゃ」

我ながら回りくどい言い方をしてしまった。

少々照れくさい気持ちはある。勇者らしいといえば……そうなんだろう。俺は結局、困っている誰かを放っておけないようだ。

「契約書をくれ。サインする」

「――――！　ほ、本当か？」

「ああ。ここで働いてやる。ただ勘違いするなよ？　全面的に信用したわけじゃない」

彼女のことを放っておけない気がしたのもあるが、もし彼女が目指す世界が実現したのなら、勇者なんて必要ない平和な世界になる。それはある意味、俺たち勇者が目指すべき未来だ。

そういう意味で、彼女の理想には魅力を感じた。

「条件は守れよ？　今すぐじゃなくてもいいから、必ずな」

「もちろんじゃ！　必ず守ってみせる！」

元気いっぱいにベッドから飛び降りて、テーブルに置かれた契約書を取ってくる。

「それともう一つ約束してくれ。俺に隠し事はしないこと。何か困ったことがあれば真っ先に相談すること。いいことでも悪いことでも、そのまま伝えるようにしてくれ」

「そんなことでよいのか？」

「ああ、俺にとっては大事なことなんだよ」

一度、俺は裏切られてしまっている。もう二度とあんな失敗を繰り返さないためにも、せめて言葉で誓ってほしい。

「わかったのじゃ！　隠し事はせん！」

「——そうか」

挙動の一つ一つが子供っぽくて、悪魔だということを忘れてしまう。やっぱり放っておけない……そう思えた。だから俺は、彼女と契約することにした。

おそらく史上初だろう。魔王に雇われる勇者なんて。

「世の中じゃ、不名誉なんて言われそうだな」

自分にしか聞こえない声で呟く。思い切った選択だが、後悔はしないだろう。

どの道、俺に残された選択肢は少ない。国王に裏切られた以上、もうあの国には戻れないわけだし。

ここで頑張るしかないんだ。

「契約成立じゃ！　これから頼むぞ！　勇者！」

「勇者はやめてくれ。俺にはもう、そう呼ばれる資格はない」

「資格なんて関係あるのか？　勇者は勇者じゃろう？」

「……アレンでいいよ」

「そうか？　じゃあアレン、よろしくなのじゃ！」

彼女は手を伸ばす。

握手を求める小さな手に、俺は応えようと手を伸ばす。

「ああ、よろし――」

直後、轟音が鳴り響く。振動と爆発がここまで届く。

「な、なんじゃ！」

「この気配は……」

魔王城の入り口側から感じる。何者かが侵入してきた。俺とリリスは顔を見合わせ頷き、すぐに現場へ向かった。

魔王城の入り口へたどり着く。破壊された扉からパラパラと破片が零れ落ちる。

それを背に、一人の色男が立っていた。

「あーあ、埃っぽいところだなぁ～　本当にここが魔王城なのかい？」

「やっぱりそうか……」

「あ、本当にいたんだね。久しぶり、アレン君」

「……勇者シクスズ」

気配で察したけど、同業者だったか。しかも勇者ランキング七位のシクスズとは……。

「俺を助けに来た……わけじゃないよな」

「もちろん、その逆だよ」

シクスズはニコリと微笑む。相変わらず表情から感情が読みにくい。正直こいつは苦手だ。

王国を裏切った時点で次なる刺客が来ることは予想していた。それなりの相手であろうことも……そうはいっても速すぎる。

シクスズの腰から、丸い宝石が嵌められた円盤状のアクセサリーが揺れる。それを見て理解する。あれは時空を司る聖剣使い、ランキング十二位のランポーが作った神具だ。

対となる円盤を配置することで、二点間の空間転移を可能にする便利な道具。俺の安い報酬じゃ買えない高級品。こんなところでも格差があるのか……涙が出そうだ。

以前に追い払った勇者たちが魔王城の外に配置したな。あとで見つけて破壊しよう。

「アレン、こいつも勇者なのか？」

「ああ、勇者シクスズ……女好きで有名な男だよ」

「え、まさかそっちの子供が魔王なの？　確かに女性だとは聞いていたけど、予想の斜め下だなぁ～　けど……」

シクスズはリリスに視線を合わせる。女を値踏みするような、ねっとりといやらしい瞳が彼女を捉える。

身の危険を感じたのか、リリスはビクッと身体を震わせ数歩下がった。

「安心してよ。子供でも将来有望なら大歓迎だから」

「な、なんじゃこいつ……」

「気をつけろよ。こいつは一見ただの優男だが、女相手なら無敵だ」

「む、無敵!?」

比喩なんかじゃない。シクスズの持つ聖剣は、女性に対して特効を有している。たとえ相手が魔王であっても、その優位性は絶対だ。

奴がここに来たのは、女性魔王であるリリスが目的だろう。

「こいつの相手は俺がする。お前は下がっていろ」

「……」

「リリス？」

「アレン君にしては気づくのが遅かったね。もう手遅れだよ」

まさか――！

「リリ――っ」

伸ばした手が弾かれて、リリスは高くジャンプする。そのまま空中で回転して、シクスズの元へと着地した。

顔をあげた彼女の瞳から光が消えている。

「くそっ、すでに効果を」

発動させていたのか。勇者シクスズが持つ聖剣、あらゆる女性を虜（とりこ）にして操る一振り。

その名は——

「聖剣ラバーズ。君に見せるのは、初めてだったかな？」

彼の手には桃色の刃を輝かせる聖剣が握られていた。刃の真ん中が空いていて、ハート形をしている。玩具（おもちゃ）みたいな見た目だけど、あれも強力な聖剣の一つだ。

「いつの間に操ったんだ？」

「さぁ、いつだろうね。けどもう、この子は僕の虜だよ。ほら」

シクスズは聖剣を二つに分けた。ラバーズは二本の剣になる。そういう特性も備わっていたらしい。一振りを操られたリリスに渡す。

「彼を斬（き）るんだ」

「……はい」

リリスが駆け出す。子供の全力なんてたかが知れている。が、そんな子供が本気で、俺に向かって剣を振るう。

「やめろリリス！」

俺は躱しながら呼びかける。

しかし声は――

「届かないよ。無駄さ」

「そうか。だったら――」

こっちも聖剣を取り出す。

鞘は自分自身。胸に手を当て引き抜くのは、原初の聖剣。名もなき最強の聖剣を手に、彼女と向かい合う。もちろん狙うのは彼女じゃない。

ラバーズを！

「っ、硬いな」

破壊するつもりで振るった。

鍔迫り合いになる。ラバーズは傷一つ付いていない。相手がリリスだから手加減はしたが、それでも硬い。

「当然だよ。新人勇者と一緒にされたら困るなぁ」

「それもそうだな」

シクスズは魔王を何人も倒している。実力が備わった勇者だ。

聖剣の力は、宿った心の強さに比例する。彼の心は成熟し、強い。簡単には折れない。

「なら仕方ない。ちょっと痛いと思うが」

我慢してくれ。俺は聖剣を地面に突き刺し、素手で向かう。

剣が破壊できないなら気絶させるまで。狙うは懐。思いっきり打撃をぶち込む。

つもりだった。

「っ、こいつ」

俺は慌てて止まった。リリスは聖剣を自分の首に当てている。自害しようとしている。俺はシクスズを睨む。

「そんな怖い顔しないでよ。わかっていたことじゃないか」

「……お前は……」

「勇者らしくないって？　ははっ、よく言われるよ。けど、これでも勇者なんだ」

人質をとるなんて勇者らしからぬ……と批判できない。俺にその資格はないだろう。魔王と手を組んだ今の俺には。

「詰みだ。もう君に勝ち目はない」

「……」

「安心してよ。僕だってすぐに君を殺すつもりはないんだ」

「どういう意味だ？」

シクスズはニヤリと笑みをこぼす。

「君、僕と手を組まない？」

「は？」

「わからないかな？　僕たち二人で、世界を手に入れようって話だよ」

「……は？」

何を言っているんだ、という表情になる。

「本気で言ってるのか？」

「もちろん。僕と君が手を組めばできると思うんだよ。最強の君と、無敵の僕ならどんな相手も屈服させられる。そう思わない？」

「……強さの話は別として、正気か？　力で世界を支配しようなんて、そんなの……」

「魔王みたいだって？　その通りだから反論できないなぁー」

彼は軽い口調で呆(あき)れながら笑う。

俺はシクスズを睨(にら)む。この男の言葉に嘘(うそ)はない。彼は危険な思想を持っている。

「なぜだ？　なぜ今さらそんなことを言う？」

「チャンスだからね。君が王国を去った今だからこそだよ。ずっと思っていたんだよ。チマチマ功績をあげて女の子を貰(もら)うって効率が悪いじゃないか。世界を手に入れたら、すべての女の子は僕のものだ」

「……」

「ああ、もちろん君の分もあるよ。アレン君顔はいいし強いんだから、ちゃんとアピールすればモテるはずなのに、勿体ないよ」

この男は……どこまでも本心を。呆れてしまう。こんな男も、勇者なのか。

「ね？　悪い話じゃないでしょ？　君にとっても……」

「……そうだな」

確かに利はある。好き勝手生きるなら都合がいい。十分に実現可能だと思ってしまえる。

「ふっ……笑っちゃうよな」

「そうだよね。僕たちなら手に入れられるんだ。世界も、全部」

「そっちにじゃない。こんな美味しそうな話にすら、俺は手を伸ばそうと思えないんだよ」

理屈では手を組むのもありだと思う。どうせ勇者として生きることはできないんだ。

裏切られた仕返しに……とか。考えはするのに、行動に移そうとはこれっぽっちも思えない。

だから笑ってしまった。結局俺は、肩書なんて関係なく……。

「勇者なんだな」

「……へぇ、その気はないって？」

「ああ、俺は悪を許せない」

「ふっ、ふふ、魔王と手を組んだくせによく言えたね」

まったくだよ。それに関しても、自分が馬鹿らしくて笑ってしまう。ただ、訂正しておこうか。

彼女は悪魔で魔王だけど、悪じゃない。少なくとも語ったその夢に、悪いことなんて一つもなかった。

「残念だよ。手を組む気がないのなら、死んでもらうしかないかな」

「それは無理だな。俺はこいつと契約したばかりなんだ」

「そうかい？　だったら彼女に殺してもらえばいいさ。部下の首をはねるのも、上司の役目だからね」

「なんだそれ」

イカレているな、この男も。ゆっくりとリリスが近寄ってくる。

「何簡単に魅了されてるんだ。お前は魔王だろ？」

「彼女を責めても無駄だよ。女性である以上、僕の力には逆らえない。君も女性に生まれていたらよかったのにね。そうすれば、僕が可愛（かわい）がってあげたのに」

「生憎（あいにく）だけど、お前みたいな軽薄男はごめんだな。そうだろう――」

ようやく近づいてきてくれた。

この距離なら手が届く。彼女が剣を振るうより先に、それに触れる。指先が触れた時、赤黒い稲妻が走った。

そのペンダントは、大魔王から与えられた魔導具。一時的に彼女を、真の魔王へと昇華させる。

「リリス」

「絶対に嫌じゃ！」

大人になったリリスが叫んだ。リリスは聖剣を投げ捨てる。

「変身？　効果が解けている……」

シクスズは訝(いぶか)しむ。じっとリリスを見つめて、何かに気がつく。

「そういうことか。魔力の大幅な上昇で正気を取り戻したんだね」

「さすが、よく見てるな」

「当然、女性のことを隈(くま)なく見ているよ。予想した通りいい体になっているじゃないか」

「見るな変態！」

ガルルルと狼(おおかみ)みたいに唸(うな)って威嚇(いかく)するリリス。ペンダントの特性を聞いておいてよかった。

危機が迫れば自動的に効果が発動する仕組みを利用させてもらったぞ。

「不覚じゃ！　あんなのに操られるなんて！」

「もう操られるなよ」

「当然じゃ！」

「ふっ、盛り上がっているところ悪いけど、なんの解決にもなっていないよ」

シクスズの手には投げ捨てられた聖剣の片方が戻っていた。

いつに間に拾ったのか。引き寄せただけか。二つの聖剣が一つになり、本来の形に戻る。

「一時的に効果を解いただけで、耐性がついたわけでもない。同じ方法で解除できるかな?」

「……」

リリスが身構える。そう、もう同じ手は使えない。彼女もわかっている。

「もう一度僕のものにしてあげるよ。今の君は特にほしい」

「お断りじゃ!」

「そうかい? だったら力で教えてあげるよ、女は僕には敵わない」

静寂、数秒。沈黙を崩したのは、シクスズだ。

「……どういうことだ? なぜ平気なんだ?」

「まだ気づかないのか?」

「何を……!?」

「やっと気づいたか」

彼の視線は俺の右手に。聖剣が、異なる形に変化している。否、持ち替えた。

原初の聖剣から新たに――

「暴風の聖剣オーディン。大気を支配する聖剣だ」

オーディンは大気を支配する聖剣。その力で風を操り、空を飛んだり物を運んだりできて便利な力なのだが、俺が持つ聖剣の中でもダントツに制御が難しく、消耗が激しい。

特に人間みたいに弱い生き物の移動は神経を削られる。普段は大きな山を越える時だったり、どうしても急ぎたい時の移動にしか使わない。

魔王との戦いに備えて体力は温存しておきたいからな。

「大気、風……まさか、気づいていたのか？　僕の聖剣が……」

「特殊な粒子を飛ばして、その匂(にお)いを嗅(か)がせることで相手を支配する……だろ？」

「……」

無言は肯定と同義だ。シクスズの焦り顔がそれを物語っている。

最初、魅了が完了した直後に気づいていた。俺の周囲に見えない細かな粒子が舞っていることに。

「だったら簡単だ。粒子が届かないように風で巻き上げればいい。こんな風に！」

オーディンを振るい、上に向ける。風と共に粒子は巻きあげられ、そのまま天井を伝って四方に散っていく。

届かなければ匂いは嗅(か)がせられない。

四方に突風が吹き荒れ、シクスズは飛ばされないように踏ん張っている。

「くっ……」

「いかに強力な能力も、原理がわかれば対処は容易(たやす)い」

「そうかい？　だったら今度はシンプルに、君を倒してからゆっくり楽しむことにするよ！」

「残念だけど」

突風が止む。一瞬で静かになり、リリスとシクスズは虚を突かれる。

気づく間もなく、俺はシクスズの懐へ。

「なっ！」

「お前じゃ力不足だよ。女たらしのお前じゃ」

聖剣を振るう。受け止めようとしたラバーズの刃が砕け散る。

聖剣の強度は心に比例する。策が失敗して動揺した今なら、容易く砕くことができる。がら空きになった胸に、俺はそっと触れる。

「お前は勇者に相応しくない。勇者なんて辞めて、大好きな女にでも慰めてもらうんだな」

「そ、そうさせてもらうよ」

嫌いな笑みを浮かべた彼を、俺は思いっきり吹き飛ばした。オーディンの突風は強力だ。シクスズは遥か彼方へ飛んでいく。

「よ、容赦ないのう……」

「あれくらいでちょうどいい。聖剣がなくなっても勇者は強い。あれくらいじゃ……まぁ死にはしないだろ。たぶんな」

「た、たぶんか……じゃがそれだと何も変わらないじゃろ」

「いいや、もう聖剣はない。今までみたいに女を操ることはできない。せいぜい不自由な暮らしに苦労するんだな」

今まで散々楽しい思いをしてきたんだ。これからは苦労してもらおう。

「気を付けろよ。今後は特に狙われるぞ」

「わ、わかっておる。でも大丈夫じゃ！　ぬしが一緒なら負ける気がせん！」

「はっ、能天気なやつだな」

第三章　最恐のメイド

彼女は待っている。いつも同じ場所で、彼の帰りを。

「……」

無言でじっと、ただ窓から夜空を見つめる。

人間界と魔界の空は違う。この月は人間界にしか輝いていない。それでも空はどこまでも遠く、魔界の隅まで繋がっている。

彼女はいつも、心の奥で願っている。

「どうかご無事で」

危険な旅であることは承知している。自分では力不足で、あの人の役には立てないことも。祈ることしかできない自分に憤りを感じながら、彼が戻ってきた時に不快な思いをさせないように、表情を作る練習をする。

最初はやはり笑顔がいいと、何度も練習する。彼女は笑顔が苦手だった。

「……随分と遅いですね。アレン様」

勇者アレンの専属メイド、サラ。彼が勇者の地位についてから五年と七か月、身の回りの世話を担当している。

彼が帰宅してから何をほしがるのか。どうしてほしいのか、何が一番喜んでもらえるのか。共に過ごした歳月が、彼への理解を深めていた。今では彼のことを世界で一番理解しているのは彼女だと言えるだろう。

勇者アレンにとってサラは、なくてはならない存在だった。そしてそれは……彼女にとっても。

「情けないですね」

彼女はため息をもらす。寂しいと、心の奥で泣いている自分に呆れて。彼に仕えるのは仕事。国王から命じられ、その任務に就いた。

仕事に私情を持ち込むのは二流のメイドだと教わっている。

「なら……私は二流ですね」

五年も一緒にいれば、相応の感情を抱くだろう。

愛着、信頼……その先も。サラにとって勇者アレンの存在は、ただの仕事上の主人ではなくなっていた。だからこそ不安を感じている。

彼女は時計の針を見つめながら、目を瞑る。

——三週間。

彼が王都を旅立ってから経過した日数。まめな性格をしている彼は、定期的に連絡をくれる。どれだけ長くても一週間に一度は、無事の知らせを届けてくれていた。

それが一通も来ていない。先週も、今週も届いていない。何かあったのではないかという不安と、最強の彼が負けるはずないという信頼。

二つがまじりあい、複雑に彼女を悩ませる。

トントントン――

そこにノックの音が響く。彼女は目を輝かせ、期待した。彼が帰ってきたのだと。

「勇者アレンの専属メイド、サラはいるか？」

だが、その期待は簡単に砕かれた。聞こえてきた声は別人のもの。国王に仕える執事の声だった。がっかりしつつも仕事モードになり、彼女は返事をする。

「はい」

ガチャリと扉が開き、執事が顔を見せる。

一瞬にして違和感に気づく。厳格でいつも厳しい顔をしている人物だが、この日は特に怒っているようだった。

サラは無意識に気を引き締める。

「サラ、お前に異動命令が下った。速やかに準備をしろ」

「……異動？」

サラは体温が一気に下がった感覚に襲われる。予想外の一言に戸惑いながら、サラは聞き返す。

「異動とはどういうことでしょうか？　私はアレン様の専属です」

「その任は先ほど解かれた。お前はもう勇者アレンの専属ではなくなっている」

「なっ……どうしてですか？」

冷静な彼女が珍しく声を荒らげる。

執事は大きくため息をこぼし、鋭い視線で彼女を睨む。

「お前の元主人はもう勇者ではないからだ」

「……え？」

意味がわからない、という表情を見せる。困惑する彼女に執事から真実が語られる。

勇者アレンは魔王と結託し、王国から派遣された勇者四名を撃退した。彼はすでに、王国に仇なす敵であると。

「そんな……何かの間違いです！　アレン様が裏切るなんてこと！」

「憶測でこんな話をしていると思うか！」

執事は声を上げる。びくりと震えるサラに、執事は言う。

「先日、勇者シクスズが帰還された。ひどい怪我を負って、聖剣も破壊されていた。その相手がアレンだ」

「アレン様が……シクスズ様を？」

「そうだ。本人もそう主張している」

勇者シクスズは無事に王都へ帰還した。否、無事とは言い難い。

全身傷だらけで骨も何本か折れている。さらには聖剣を破壊され、二度と使用できなくなっていた。

勇者が聖剣を失うということは、勇者として死を意味する。

「まったく最悪な結果だ。すでにこちらの聖剣を四本も破壊されている。あの男がこの国に敵意をむき出しにしていることは明白！　アレンは国賊なのだ！」

「……」

サラは言葉も出ない。誰よりも優しく、強い人だと知っている。信じていた彼に、裏切られたような感覚に襲われる。

「ショックだろうが事実だ。受け止めなさい」

「……」

「今回の件はまだ一般には伝わっていない。勇者のトップが敵に寝返ったなど、国民に知られれば混乱は避けられない。然るべき方法で決着をつけたのち、正式に発表される」

「然るべき方法……？」

恐る恐る尋ねるサラに、執事はハッキリと答える。

「勇者アレンを討伐する。なんとしても」

「――！」

討伐……すなわち殺すということ。勇者を、この国の人間が。

「……お待ちください」

「なんだ？　お前の異動は決定事項だぞ」

「わかっています。ですがその前に、お願いがございます」

「……なんだ？」

彼女は拳を握る。

手の震えは腕へ、さらに全身へと伝わる。

「私が……やります」

「なにを？」

その震えは恐怖から……否、怒りと悲しみから。彼女はアレンを慕っていた。

心から信頼していた。だからこそ、許せない。と同じくらい、裏切られたことが悲しい。

大切だったから、慕っていたから。このまま他の誰かに殺されてしまうくらいなら――

「勇者アレンは、私が殺します」

せめて、私の手で。

◇◇◇

魔王城は静かだ。この広い城にたった二人しかいない。

大声で叫んでも、せいぜい城の庭に届く程度だ。遠く離れた誰かに聞こえることはない。

「や、やめるのじゃ……そんなの無理じゃ」

「何言ってるんだ？　立派な魔王になりたいんだろ？　だったらこの程度はできなきゃ笑われるぞ」

「い、嫌じゃ。初めてなのに」

「誰だって最初は初めてだ」

明かりも少なく、薄暗い部屋が多い。広い部屋ほど光が届かず、暗く不気味だった。

そんな場所で二人。俺は幼い悪魔の少女に詰め寄っている。

「いい加減覚悟を決めろ」

「嫌じゃ。もう耐えられん。許してくれ」

「魔王が勇者に許しを請うのか？　情けなさすぎて笑えてくる。もっと魔王らしく抵抗してみろ」

「無理じゃ。これ以上はもう……壊れてしまう」

涙目で許しを請う。そんな顔をしても無駄だ。言葉でも言った通り、勇者は魔王に容赦しない。

どれだけ惨めに泣きさけぼうと、媚びへつらっても許さない。俺たちは対立する種族のトップ同士だ。

まったく情けない。少女とはいえ、魔王を名乗ったのなら根性を見せてもらわないと。

どんな苦痛も劣等感も、弾き飛ばすくらい。これはまだまだ、頑張ってもらわないといけないな。

「さぁ、続きを始めるぞ」

「嫌じゃ。お願いじゃから許してくれ。なんでもするから」

「なんでも？」

「なんでもじゃ！　ぬしの言うことならなんでも聞く」

おいおい、こいつ正気か？

男相手になんでも言うことを聞くとか。どれだけ危険なセリフかわかっていないらしいな。

仕方がない。ここは男として、ハッキリわからせてやろう。

「なら、俺の要求は一つだ」

「な、なんじゃ？」

「――いいからさっさと立て！　特訓の続きだぁ！」

「嫌じゃぁああああああああああああ」

今、俺は魔王城内にある訓練場でリリスを鍛えている。

泣き叫ぶリリス。もちろん泣いたって容赦はしない。

逃げ出そうとしても無駄だ。彼女の首には首輪と鎖がついていて、鎖は俺の手に握られている。

仮に逃げようとしても。

「ふぐっ！」

首が締まって倒れるだけだ。今みたいに。

「魔王が勇者から逃げられると思うなよ？」

「なにが勇者じゃ！　このようないたいけな少女に首輪をつけてもてあそんで！　ぬしなんか勇者じゃない！　変態じゃ変態！」

「誰が変態だ！」

「変態じゃろ！　こんなの特訓じゃなくて調教じゃ！」

こいつ口悪いな。そんなところで魔王らしさを見せなくていいんだよ。

もっと力とか態度で示してもらわないと。

「毎日毎日朝から晩まで特訓！　気絶しても水かけて起こされるし！　疲れたから休みたいって言っても続けるし！　ぬしは鬼か！」

「これくらいで音を上げるな。俺が勇者になったばかりの頃はもっと特訓してたぞ。努力なくして真の強さは得られない」

「じゃからっていきなり無理じゃ！　ワシは訓練も初めてなんじゃぞ！」

「それがおかしいんだよ。仮にも魔王の娘だろ？　お前の父親はどれだけ過保護だったんだ」

大きくため息をこぼして呆れてしまう。

心から呆れる。リリスの父親は、かつて世界中を戦慄させた大魔王サタンだ。

誰もが知る最強の魔王。そんな男を親に持っていて、こんな甘ちゃんに育つのか？

魔王サタンが生きていたらその場で説教をしてやりたいくらいだ。

「むぅ……こんなの続けたら死んでしまうぞ」

「……はぁ、あのな？　俺だってお前をいじめたくてやってるわけじゃないんだぞ」

「本当か？　楽しんでやっているように見えたぞ？　時々笑ってたし」

「わ、笑ってないだろ」

いや……正直ちょっと楽しんでいたかも。

普段から誰かに命令されて動いていたし、束縛され続けてうっぷんが溜まっていたんだろうな。もしくは勇者としての本能か。

こいつの反応がいちいち面白いのもあって、やる気はいっぱいある。

……俺、本当に変態だったのか？

いやそれはない。これもリリスを立派な魔王にするためだ。

「リリス、お前は父親の夢を叶えたいんだろ？」

「そ、そうじゃ」

「お前の父親は誰だ？　あの大魔王サタンだ。過去から現在に至るまで、彼を超える魔王は誕生していない。それだけ強大な力を持っていた魔王でも成しえなかった夢だ。それを叶えたいなら、もっと強くならなきゃダメじゃないのか？」

「む、むぅ……その通りじゃ」

悔しそうな顔をしながらも、リリスは納得した。

彼女だって馬鹿じゃない。子供なだけで、理解はしている。今のままじゃ全種族の共存なんて、夢のまた夢であると。

「俺はこれでも強い。けど、俺だけ強くてもダメなんだよ。最強の勇者と最強の魔王、この二つがそろって初めて実現可能な夢になる」

「……」

「覚悟はしていたんだろ？」

「……うむ。頑張るのじゃ」

リリスはぐっとガッツポーズをする。本気の夢なら全力で取り組むべきだ。

俺も、やる気のない奴の手助けをするつもりはない。

「よし。じゃあ続きだ。魔力が枯れるまで魔法を撃ち込んでこい」

「もう空っぽじゃ！」

「まだあるだろ？　そうやってしゃべる元気があるならな。絞り出せ！　できないなら追い込んで出させてやる」

「やっぱり嫌じゃあああああああああああああああああ」

魔王城に彼女の悲鳴が木霊する。しかし残念なことに、その悲鳴を聞いてくれる人はいない。

俺以外には。

◇◇◇

時間はすぎて。夕方、と言っても外の景色は変わらない。

魔界はずっと夜だから、朝も昼も夕方もない。時計の針で時間を確認しないと、今がいつなのかさっぱりだ。

悪魔たちは感覚でわかるらしいが、俺は慣れるまで時間がかかるだろうな。

「今日はこのくらいで終わりにするか」

「ぅ……」

「なんだ？　まだ特訓したいなら付き合うぞ？」

「……し、死ぬ。ホントに死ぬのじゃ」

俺の横でリリスが地面にへたり込んでいる。

ぐでーっとして、一歩も動けないという様子だった。

「情けないな。シャキッとしろ」

「無理じゃ馬鹿者！　魔力も体力も空っぽになるまで動いたんじゃ！　もうちょっと労ってくれてもいいじゃろう！」

「それはこっちのセリフだな。お前、あの時出した条件一つも守れてないぞ」

「うっ……」

俺を魔王城で雇うための条件。固定給の支払いはまだ先になるとして、定休日の確保と労働時間の規定。食事は全部無料で提供され、専属の使用人もつける。とか言っていたが、当たり前のように一つも守られていない。

食事は俺が用意しているし、朝起こすのも俺の仕事で、魔王城の掃除もやっている。

使用人を付けてもらうどころか、俺が使用人みたいだ。

「や、休みたいなら休めばよいじゃろ！」

「その場合、食事の用意は誰がするんだ？　掃除は？　洗濯は？」

「ぜ、全部ワシがやる！」

「できてなかったから俺が苦労してるんだよ」

魔王城の中は埃まみれ、まったく掃除が行き届いていなかった。衣類も何着だってあるのに、洗濯もせず同じものを着ていた。

食事に関しては、魔王城の地下に食糧庫があって食材は全部揃う。

ただまともな料理をしていないのか、食材の残がいやら、食糧庫から出して腐らせたゴミが溜まっていた。

ハッキリ言ってこいつに生活力はない。

「この際条件が守れていないことはいい。身の回りの世話も俺がやってやる。お前に任せると余計に仕事が増えそうだからな」

「な、なんじゃ！　ここはワシの家じゃぞ！」

「俺もここで当分暮らすんだ。生活環境は清潔かつ整ってないとダメなんだよ。お前だってまともな飯が食いたいだろ？」

「む……それはそうじゃな」

悪魔も食事をする。下級の悪魔は必要ないが、上位の悪魔ほど必要になる。

日ごろから消費する魔力が多い分、食事や睡眠で回復させる必要があるんだ。

彼女はまだ未熟だが、その身に秀でた才能を秘めている。だから彼女も、人間のようにちゃんとした生活をする必要がある。

「ちゃんと食べてちゃんと寝る。それで訓練もすれば必ず成長する。全部お前に必要なことだ」

「わ、わかっておる！」

「そうか。なら条件を守れるようになるまで、俺の言うことには従うこと。そういう約束だよな？」

「ぅ……そうじゃな」

条件を守るのはこれからでいい。

今すぐは期待しない。代わりに、俺の言うことには従うという条件を追加した。これに彼女も同意している。

「わかったら俺の言う通りにしろ。明日も朝から特訓だ」

「い、嫌じゃぁ」

「だったら条件の一つでも守ってみせろ。そうだな。使用人を今すぐ用意したら考えてやらんでもない」

「ほ、本当か？」

「ああ」

まぁ無理だろうけどな。

休みとか食事と違って、人員を増やさないといけない。だからあえて提案した。

これで諦めてくれればいいと思ったんだが……なぜか瞳を輝かせている。まさか用意できるのか？

「まっておれ！　すぐに用意してくるのじゃ！」

「お、おう……用意？」

リリスは急いで廊下のほうへ走っていく。なんだか嫌な予感しかない。

この流れは……。

十数分後。

「お待たせなのじゃ。ご主人様」

「……おい、何やってんだ？　リリス」

「見ての通り、ぬしのメイドさんじゃ！」

「……はぁ」

案の定すぎるだろ。呆れてため息しかでないぞ。戻ってきた彼女はメイド服に身を包んでいた。なぜメイド服があるのか疑問だが、それ以上に馬鹿らしい。

用意ってそういうことか。

「今からわしはぬしのメイドさんじゃ！　なんなりと申し付けるがよい」

「じゃあ明日も朝から特訓な」

「嫌じゃああああああああああああああ」

この流れ何回目だ？

いい加減諦めてくれないだろうか。俺は呆れながら言う。

「お前にメイドは無理だ。いいから観念して特訓しろ」

「嫌じゃ嫌じゃ嫌じゃ嫌じゃ」

「あのなぁ……」

「──メイドをお探しなら、ここにおります」

声が聞こえた。後ろから、懐かしい声が。

慌てて振り向く。どうしてここにいるのか。どうやって魔界の最奥にたどり着いたのか。

疑問はいくつも浮かんだが、それ以上に感じたのは安堵と懐かしさだった。もう二度と、会うことはないと思っていたから。

「サラ?」

「はい。あまりに帰りが遅いので、お迎えにあがりました。アレン様」

彼女はニコリと微笑む。不器用な笑顔で。

数秒の静寂を挟む。お互いに顔を合わせ、様々な感情が交錯する。

「サラ……なのか?」

「はい。アレン様の専属メイド、サラです。もうお忘れになられたのですか?」

「……いいや、忘れるはずがないよ」

王都で俺をずっと支えてくれた彼女を、俺が忘れることはない。

こっちへ来てからも心配だった。今頃、彼女はどうしているかと。俺が裏切った影響で、彼女もひどい目にあっていないか。

どうやら心配はなかったらしい。最後に会った時と変わらない姿を見せてくれた。

「なんじゃ？　ぬしの知り合いか」

俺の背後からひょこっとリリスが顔を出す。

「さっきメイドと聞こえたのじゃが」

「ああ、王都で俺の専属メイドをしてくれていたサラだ」

「ほう、専属メイドか。ふむ……」

リリスはニヤっと笑みを浮かべる。何やら悪だくみをしている表情だが、今は置いておこう。

俺は視線をサラに戻す。一瞬だけ、サラが睨んでいるように見えた。

気のせいだったのだろうか。

「その子供が、魔王リリスですか？」

「ん、ああ、えっと」

どう説明すればいいものか悩む。

「ご安心ください。事情はすでに把握しております。アレン様は勇者を辞め、魔王リリスの下で働くことを選ばれたのですね」

「あ、ああ……そうだ。サラに相談もせずに決めてすまない」

「相談など必要ありません。私はアレン様のメイドです。私は常に、主の意志に従います。あなたが進む道を変えたのなら、私もお供しましょう」

「まさか……そのために魔界へ？」

危険を冒してまで、俺の元に戻って来たのか？

俺のメイドであり続けるために？

「はい。私はアレン様のメイドです。アレン様がいる場所こそ、私がいるべき場所ですから」

そう言って彼女は不器用な笑みを見せる。

「……そうか」

彼女の意志はわかった。今までにないほど、明確な決意を感じ取る。これ以上問い詰めるのは、彼女の決意に水を差す行為だ。

俺もその決意を尊重しよう。たとえそれが、どれほど重く辛いものだとしても。

「わかった。これからもよろしく頼むよ、サラ」

「はい」

◇◇◇

テーブルの上に豪勢な料理が並ぶ。香る料理のいい匂いと、色とりどりなラインナップ。

パーティーかと突っ込みたくなるほど豪華な夕食に……。

「おおー！　これ全部サラが作ったのか！」

「はい」

「サラは料理の天才じゃな！」

「ありがとうございます」

リリスも無邪気に大興奮していた。さっそく子供の心を摑んだか。さすがサラだ。

「悪いな、サラ。長旅で疲れてるのに」

「お気になさらないでください。アレン様のお世話は、メイドである私の役目ですから」

「サラ……」

「ぬしよ！」

いい雰囲気のところにリリスが顔を近づけてくる。

瞳を輝かせて何か言いたげだ。大体予想できるが、一応聞いておこう。

「なんだ？」

「これでメイドは用意できたぞ！　じゃから明日からの訓練を」

「却下だ」

「なんでじゃ！」

予想通りすぎて呆れもしない。俺は首を横に振りながら、納得していないリリスに説教をする。

「いいわけないだろ。サラは元々俺のメイドだったんだ。お前が連れてきたわけじゃない」

「でもメイドじゃろ！　ぬし専属じゃ！」

「最初からな。あと間違ってもお前のメイドじゃないからな。勝手に命令とかするなよ」

「わ、ワシのほうが上司じゃぞ！」

「だったら相応の待遇をしてくれ。できないなら出て行くぞ」

「ず、ずるいのじゃぁ……」

　リリスは泣きそうな顔をする。ちょっとばかり大人げなかっただろうか。

　そっとサラのほうを確認する。彼女は普段通り、無表情でじっと俺たちのやり取りを見ていた。

「……」

　夕食が終わり、俺たちはそれぞれの部屋に戻る。部屋はたくさん余っているから、サラの部屋も用意できた。

　廊下で三人が揃（そろ）い、顔を合わせて話す。

「申し訳ありませんが、私は先にお休みさせていただきます」

「ああ、疲れてるだろ？　ゆっくり休んでくれ」

「はい」

　先にサラが自室へと入っていく。

　それを見送り、隣でリリスが眠そうに目をこする。

「ワシも寝るのじゃ……疲れた」

「ああ。また後でな」

「うむ。おやすみなのじゃ」

とぼとぼと歩き、リリスも部屋に入っていった。

残された俺は、サラの部屋のほうをじっと見つめながらため息をこぼす。

「はぁ……俺も準備するか」

今夜は特に、ゆっくりしていられないからな。

◇◇◇

深夜。静かな魔王城がより静かになる時間帯。皆が眠り、魔界では珍しく平穏な時間でもあった。

こんな辺境の古びた魔王城に訪問者なんているはずもない。故に、城主も油断している。

いいや、彼女の場合は単に甘いんだ。誰も自分に害をなすなんて思っていない。

「スゥー」

だから気持ちよさそうに眠っている。安心しきっている。そこにそっと、近づく影が一つ。

手には仰々しい大剣が握られていた。彼女は柄に力を籠める。

「どうしたんだ？　こんな夜遅くに」

「――!?」

声をかけると彼女は慌てて振り向いた。目と目が合う。

「アレン様……」

「こんばんは、サラ。リリスに何か用事か?」

「……」

緊張感が漂う。お互いに気まずい。

俺はため息交じりに笑いながら呟く。

「そんな物騒なもの、お前には似合わないな」

「――っ!」

彼女は大剣を両手で握りしめ、大きく振りかぶる。

そして襲い掛かる。俺にではない。スヤスヤと眠っているリリスに。躊躇なく大剣を振り下ろした。

「く……ぅ……」

「ダメだぞ、サラ。眠っている子供への悪戯にしては……やりすぎだ」

大剣は完全に振り下ろされることなく、俺の左手によって受け止められた。サラは力を振り絞ったぶん、まだ手が震えている。

悔しそうな、辛そうな表情を見せられると、俺も心が痛くなる。

「サラ……」

「どいてください、アレン様。その子供は魔王です。倒すべき敵です」

「そうだな。けど、もういいんだ。俺は勇者じゃない。俺にとってこいつは……ただの手のかかる上司だよ」

「っ……」

彼女は未だに大剣に力を込めている。このまま押し込もうとしている。固い意志で、まっすぐに。

「わかっていたよ。お前がこうするつもりだってことは……」

彼女の言葉に嘘はなかった。それは俺の加護が証明してくれている。でも、嘘はなくてもわかるんだ。

その言葉に秘められた思いが、何を覚悟しているのか。五年以上も一緒にいれば、互いのことが理解できる。

きっとサラも、俺が気づいたことをわかったはずだ。

「サラ、俺は勇者じゃなくなった。今さらこいつを殺しても、王国には戻れない」

「わかっています。アレン様は勇者ではありません。王国を見捨てた裏切り者として、陛下はアレン様を処刑するつもりです」

そこまで理解した上で……おそらくすべては語られていない。

重要なことが抜けている。

「サラ」

「ですが私にとって！　アレン様は誰より立派な勇者でした」

◆◆◆

数年前、私は王家の勇者様に仕えることになった。代々メイドの家系に生を受け、幼いころから優れたメイドになるための教育を受けた。

苦に感じる暇もなく時間は過ぎて、私は新米メイドとして王城へ入った。初めて担当する勇者は、本来ならば熟練の方と決まっている。

熟練の勇者様の下で経験を積み、よりよい奉仕ができるように教育して頂くためである。ただ、私の時は偶然、条件に見合う方の手が空いていなかった。

そこで選ばれたのは、当時まだ勇者になったばかりのアレン様だった。

「君がサラだね！　俺はアレン、これからよろしく頼むよ！」

「はい。至らないところもありますが、どうぞよろしくお願いいたします」

「そんな固くならないで。俺もなったばかりの新人だから。お互い新米同士、仲良くやっていけたらいいな」

最初の印象は、少し頼りなさげだった。

新米ということもあったけれど、雰囲気が優しすぎて、どこか友人のような親しみのある話し方や笑顔のせいだろう。

アレン様と一緒にいると、自分が彼のメイドであることを忘れてしまう時がある。

「アレン様、また服を脱ぎっぱなしで放置しましたね」

「あ、ごめん。疲れてそのまま寝ちゃったんだ」

「いけませんよ。洗うのは私なんですから……」

途中まで口にして、自分が勇者様相手に生意気なことを言っていると自覚する。慌てて訂正しようとした私より早く、アレン様は申し訳なさそうに言う。

「ああ、次から気を付けるよ」

「……はい」

彼はとても大らかだった。というよりも、単に底抜けに優しかった。私が指導を受けて学んだ勇者の印象は、一言で表すなら自分勝手だ。

己が信念のために生き、正義のために命をかけて戦う彼らは、一人一人に揺るがぬ信念が存在している。故に彼らは、無自覚に傲慢（ごうまん）なのだった。

それを悪いことだとは思わない。世界の、人々の平和のために戦っている彼らには、その程度の我儘（わがまま）を言う資格があった。

私たちメイドの役目は、彼らが憂いなく魔王との戦いに集中してもらうため、全力で身の回りのお世話をすることだ。それ故に、彼らの命令は絶対だと教わった。

けれど、このアレンという若き勇者様は、私に命令をしてこない。何か頼みたい時は、必ず丁寧にお願いをしてくる。

そして私が何かを終えると、いつも決まって感謝の言葉をくれた。

「ただいま、サラ」

「……お帰りなさいませ、アレン様」

ある日、いつものように魔王討伐を終えてアレン様が帰還した。新人の中でもアレン様の実力は突き抜けて高く、短期間で強い魔王を次々と打ち倒していた。

国王様からの評価も高く、勇者ランキングへ入るのも時間の問題だろうと言われていた。それと同じくらいの頃から、新しいメイドに交代する話が聞こえてきた。

正式に決まったわけではなく、単なる噂だ。けれど私は妥当だと思った。将来有望な勇者様には、私のような新人メイドよりもベテランが一緒のほうがいい。

アレン様が私に遠慮しているのも、私が新人だからかもしれない。もっと頼れるメイドが来てくれたほうが、アレン様にとってもいい。

自分でもわかっているのに、私の胸はざわついていた。

「食事の用意をいたします」

「うん。でもその前に、これを渡しておきたくて」

「これは……ペンダント？」

アレン様の右手には、赤く綺麗な宝石で装飾された小さなペンダントがあった。とても綺麗で、人間界ではあまり見かけない形状をしている。

「魔王の城で見つけたんだ。綺麗だし、変な効果もなかったからさ。サラに似合いそうだなと思って」

「私に……ですか？」

「うん。いつもお世話になっている。これからもよろしくって意味で」

「これからも……？」

アレン様は恥ずかしそうに微笑(ほほえ)んだ。

「実は上から、メイドの交代の話が来てたんだよね」

「――そう、ですか」

やっぱり噂は本当だったんだ。私の役目はもうすぐ終わる……でも今、アレン様はこれからもと言った。

一人で沈みかけていた私の心は、彼の手のひらにあるペンダントの美しさに引き戻される。

「俺は……サラがよかったから、断ったんだ」

「――私で……いいのですか？」

「うん。俺はこんな感じで戦い以外は全然ダメだからさ。一緒にだと迷惑かけるとは思ったんだけど……やっぱりサラがいいんだ。戦いを終えて帰ってきた時、サラがお帰りって言ってくれる光景が好きだから」

「――！」

その時の感情を、私は生涯忘れないだろう。

胸の中にあったモヤモヤが一気に晴れて、澄み渡る青空に太陽が温かく輝いたようだ。

「サラはしっかりしてるし、歳も近いほうだから話しやすいし、ついつい頼っちゃってさ。サラが支えてくれているお陰で、俺も全力で戦えている」

「アレン……様……」

「だからこれからも、ってサラ？　なんで泣いてるんだ？」

私の瞳からはいつの間にか、大粒の涙が流れ落ちていた。

「そんなに嫌だったか？」

「いえ、違います」

主人の前で涙を流すなんてみっともない。けれど、今だけは許してほしい。この喜びから溢(あふ)れる涙は、私の意志じゃ止まってくれないから。

「ペンダント、ありがとうございます」

私はアレン様からペンダントを受け取り、ぎゅっと握りしめる。彼の優しさに、暖かな思いを愛おしく思うように。

「未熟なメイドですが、これからもよろしくお願いします」

「ああ、こちらこそよろしく」

この日、私は誓った。

たとえ何があろうとも、アレン様を支え続ける。彼が最高の勇者様になれるように、私も彼にとって、最高のメイドになるのだと。

◆◆◆

「あの日から変わらない！　誰より優しく、誰よりも強く、誰より気高い。そんな勇者が……あなたです」

「……」

「今でも、それは変わりません。私にとってアレン様は勇者のままです。だから……他の誰かに殺されるくらいなら、私の手で終わらせたい。裏切り者ではなく、勇者として終わらせたい」

そういう取引をしたのか。

彼女が俺を殺す代わりに、俺を裏切り者として公表するのではなく、勇者として散ったと国民に伝える。王国にとっても悪い話じゃない。

英雄譚を残せば、人々の勇者に対する信頼は増すだろう。

ただ……。

「俺を殺した後、お前はどうするんだ？」

「……私もここで死にます。アレン様のいる場所こそ、私がいるべき場所ですから」

彼女は笑う。涙を流しながら、悲しみを抱いて。魔王を殺し、勇者を殺し、自らも殺す。

すべてを一人で終わらせる覚悟をもって、彼女はここにやってきた。

俺を勇者として死なせるために。俺を……悪者にしないために。呆れるほど、全部俺のためじゃないか。

「うう……なんじゃ騒がしい……ってちょっ！　な、なんじゃこの状況！　どうなっておるんじゃ！」

「今さら起きたのか。お前もう少し危機感を持て」

「説教より先に説明することがあるじゃろう！」

目覚めたリリスに向けて、サラは鋭く睨みながら大剣に力を籠める。

まだ彼女を殺すつもりだ。

「サラ？　なんでそんなもの持っておるのじゃ？」

「お前は少し静かにしていてくれ！　悪いがこれは、俺とこいつの問題だ！」

いったん大剣を弾く。サラは後方に跳び、距離を取る。

「アレン……？」

「心配するな。サラは俺のメイドだからな」

俺はサラと向き合う。彼女はまだ大剣を握り、こちらに敵意を向ける。

その眼は諦めていない。彼女の覚悟は本物だ。このまま俺とリリスを殺して、自分も終わるつもりでいる。

俺なら、彼女を倒すことは難しくない。

殺さずに捕らえることも、適度にあしらって逃げることもできる。だけどそれじゃだめだ。

俺を信じてくれた彼女を、二度も裏切りたくはない。

だから――

「アレン様に、これ以上手を汚してほしくはありません。だからどうか……」

「サラ」

「死んでください！」

「ありがとう」

大剣が振り下ろされるより早く、彼女の手を握る。

そのまま引っ張り、抱き寄せる。全身で精いっぱいに、彼女を包み込む。

「アレン……様……」

「俺のことを想ってくれてありがとう。何も言わずにいなくなってすまなかった」

「私は……今さらそんなこと……」

「大丈夫、俺は何も変わっていない。お前が知っている俺のままだ」

俺はもう王国の勇者じゃない。二度と国には戻れない。国を裏切ったことも事実だ。

それでも、俺という人間が変わってしまったわけじゃない。肩書を失ったくらいで、俺は他人にはならないよ。

「話を聞いてほしい。俺がどうして、ここにいるのか……聞いてくれるか？」

「……はい」

足りない情報があるんだ。彼女はきっと、一番大事な部分を聞かされていない。

先に裏切ったのは俺じゃない、王国だ。俺に逃げ場はなかった。あの時点で、王国に戻るという選択肢は失われていた。そして彼女の、共存という願いに賛同したことも。

サラは静かに、落ち着いて聞いてくれた。話をしている間もずっと、彼女の手を握っている。

俺がじゃなくて、彼女が俺の手を離そうとしないんだ。

「では、アレン様から王国と敵対したわけではないのですね」

「ああ。不満は山ほどあったけど裏切る気はなかった。刃を向けたのは王国だ」

「そう……でしたか」

力が抜け、しゃがみこむ彼女をそっと支える。この時にはすでに、彼女から敵意は消えていた。

「ただ、王国と敵対する形になったのは事実だし、魔王である彼女と手を組んだのも本当だ。だから俺たちと一緒にいれば、お前も王国から命を狙われることになる。今ならまだ……」

「嫌です」

すべて語る前に、彼女は否定した。俺の手を強く握りながら。

「私はアレン様のメイドです。どんな理由があろうと、私はあなたについて行きます」

「……いいんだな？」

「はい。ですからどうか、私をお傍に置いてください。必ずお役に立ってみせます」

「役にはずっと立ってるよ」

俺は彼女の手を握り返す。今までずっと、彼女には支えられてきた。

辛く苦しい戦いから戻ると、いつも彼女が待っていてくれた。

温かい言葉、温かい食事を用意して。苦手な笑顔を練習して、不器用だけど精一杯笑ってみせて。そんな彼女が待っていてくれたから、今を生きられた。

「一緒にいてほしいのはこっちのほうだ」

二度と会えないと思っていたから、諦めかけていた。けど、こうしてまた会えた。彼女は今、ここにいる。

ならば今度こそ、この手は離さない。

「これからも、俺のメイドでいてくれるか？」

「もちろんです。アレン様こそ、また何も言わずにいなくならないでください。もしもあなたが悪に染まるなら、その時は……一緒に死ぬ覚悟はできていますから」

「ははっ……怖いメイドだな」

彼女も俺の手を離さない。二度と離れたくないと示すように。死ぬのは嫌だし、彼女に死んでほしくない。

これからはせいぜい気を付けることにしよう。俺の命はどうやら、俺一人のものじゃなかったみたいだから。

大切なことを知った。とても綺麗で温かな話……で終わるはずだった。

「ワシは一体何を見せられておるんじゃ……？」

余計な一言さえなければ。まったく、台無しだよ。


以下を雇用条件に追加する。

⑧専属メイドの雇用――メイドの雇用主は勇者とする。

幕間　勇者と魔王とメイドの日常

世界は広い。

何度も何度も旅をして、いろいろな場所に行って、たくさんの種族たちと言葉を交わした。自分以外との交流、未知との遭遇を繰り返して、世界について少しずつ知っていく。そうしていくうちに、世界の広さを実感する。

世界には、まだまだ俺の知らないことで溢れている。たとえば、そう、今いる場所にだって未知は溢れているんだ。

「改めて紹介するぞ」

「うむ！」

元気いっぱいに返事をした幼い魔王に向かって、俺は彼女を紹介しようとする。すでに一度紹介は済ませているけど、紆余曲折あった後だ。

ここは改めて、仲間になったことを強調したほうがいいと思った。すると、隣に立っていたサラが口を開く。

「アレン様、私からお話しさせていただけませんか？」

「サラ？」

「私自身のことです。ここでご一緒に生活するためにも、私からお話しするべきだと思います」

「それもそうだな」

サラが自分から話したいというなら止める理由はない。俺は隣で静かに見守ろうと思う。

「リリス様、私はアレン様のメイドです」

「知っておるのじゃ！　それより……なんじゃこの有様は！」

リリスは両腕を大きく広げてアピールする。ここは彼女の寝室で、つい数分前にサラが大剣を振り回した影響で、棚が倒れたり、物がいくつも散乱している。

「ビックリしたのじゃ！　目が覚めたらいきなり二人がピリピリしておったからのう！」

「大変失礼いたしました。すべて私が起こしたことです」

「結局何なのじゃ？　ぬしはワシらの敵なのか？」

「私はアレン様の味方です」

彼女はハッキリと答える。そして、小さく呼吸を整えて、眉間にしわを寄せる幼き魔王に向かって続ける。

「アレン様がリリス様のお味方をされるなら、私もリリス様に味方いたします」

キッパリと答える。彼女らしい答えだと、俺は心の中で納得した。王城にいた頃から、彼女は俺の味方をしてくれていた。

国王の意見でもなく、他の勇者の意志でもなく、俺が口にした言葉を信じ、語った思いを肯定してくれた。

そのスタンスは、俺が王城を追われて勇者でなくなった今でも変わらないらしい。

彼女は今も、俺のメイドであり続けようとしてくれている。そのことが、俺にとっては何より誇らしくて、安心させられた。

もっとも、子供のリリスには理解が難しい感覚なのだろう。

「何じゃ？　つまり味方でいいんじゃな？」

「はい」

「そうか。まぁよくわからんが、喧嘩(けんか)するなら外でやってくれ！　片付けも大変なのじゃ」

「自分で片付けられないだけだろ？」

「う、うるさいのじゃ！　ワシだって一人で暮らしていた時は片付けくらい……できた……の、じゃ……」

どんどん声量が小さくなっていく。今の発言に自信がないことが丸わかりだ。現に俺がここへ来たときは、この寝室も掃除すらまともにできていなかったからな。

俺も慣れているわけじゃないし、綺麗にするのに苦労させられたぞ。

「片付けでしたら私にお任せください」

「ほ、本当か？」

「はい。もとより汚してしまったのは私です。メイドとして、しっかり清掃させていただきます」

「おお！　期待しておるぞ！」

リリスは瞳を輝かせている。彼女の単純すぎる性格は、成長と共に変化するのだろうか。

つい数分前に殺されかけていたこと、もう忘れているんじゃないか？

こうも他人を信じすぎる性格だと、いずれ誰かに騙されて大きな失敗をしてしまわないか不安になる。

まぁ、信じて裏切られることに関しては、俺もリリスのことを言えないが……。

「今から清掃いたします。お二人とも、少々お待ちいただいてよろしいでしょうか？」

「ああ、俺たち邪魔にならないように外に出ていよう」

「うむ！　では頼むぞ！」

「かしこまりました」

サラはリリスに対して深々と頭を下げる。俺とリリスは部屋を出て廊下を歩き、しばらく時間を潰すために中庭へと足を運んだ。

今夜は空も澄んでいて、星がよく見える。周囲には街もなく、明かりも少ないから夜空に輝く星々の光が際立つ。

俺は夜空を見上げながら腰に手を当てる。

「さてと、どうやって時間を潰そうか」

「ま、まさか……特訓するとか言わんじゃろうな？」

身構えたリリスが逃走する姿勢を取っている。俺はニヤリと笑みを浮かべて、逃げられる前に彼女の腕を摑んだ。

「察しがいいじゃないか」

「い、嫌じゃ！　もう夜じゃぞ！」

「時間帯は関係ない。むしろ悪魔は夜型が多いと思ってたんだがな。襲撃されるのは決まって夜だったし」

「それは悪魔によるのじゃ！　ワシが健全な悪魔じゃから夜は寝ておる！」

健全な悪魔とかいう概念が存在していることに驚かされる。人間の間では寝る子は育つなんて言われているけど、悪魔はどうなのだろう。

なんとなくリリスの容姿を再確認して、子供らしさを感じて微笑む。

「ちゃんと育つといいな」

「な、なんじゃその生温かい視線は！　ワシはちゃんと成長しておるぞ！」

「そうかそうか。よかったな」

「なんで頭を撫でるのじゃ！」

俺の手は自然と彼女の頭をやさしく撫でていた。

相手は悪魔、魔王だと頭では理解していても、彼女と接していると妹でもできたような気分にさせられる。

我儘(わがまま)で手がかかる妹だけど、時折無性に愛(いと)おしさを感じる……とか、本物の兄妹がいたらこんな感じなのだろうか。

「い、いつまで撫でておるのじゃ」

「ん？　嫌だったか？」

「べ、別に嫌ではないが……」

「それはよかった」

俺が無意識に頭を撫でてしまうのも、頭を撫でられたリリスが幸せそうな表情を見せるからだ。本人は無意識かもしれないが、心地よさそうな顔をする。

そういう子供らしさが、どうしようもなく保護欲を駆り立てるのだろう。

人間だろうと悪魔だろうと、子供を愛らしいと思う感情に偽(いつわ)りはないらしい。

「さぁ、適当に座って時間を過ごすか」

「え……特訓は？」

「なんだ？　したいなら付き合うぞ？」

「い、嫌じゃ！」

「ははは、わかってるよ。さすがの俺も、こんな夜遅い時間に特訓させるほど鬼じゃない」

「ほ、本当かのう」

リリスがじとーっと俺を見つめながら疑っている。さっきのセリフも冗談のつもりで言ったんだが、信用されていなかったらしい。

俺なら問答無用で特訓させてくるとでも思ったのだろうか。

先に一人、どさっと地面に腰を下ろした俺は、小さくため息をこぼして言う。

「俺も少し……疲れたからな」

腰を下ろした俺は夜空を見上げる。最初から気づいていたし、わかっていたことだったとはいえ、サラの本気を受け止めるのは骨が折れる。

彼女の思いが本物だと知っているからこそ、手を抜くことも許されない。そんなことを考えている横で、リリスがちょこんと腰を下ろす。

俺の隣、肩と肩が当たるほどの近くで。

「……のう、聞いてもよいか？」

「なんだ？」

「さっき……サラはワシを殺そうとしておったのか？」

「ああ」

「ぬしのためか？」

「……ああ」

偽（いつわ）ることはできない。すべて真実で、隠しようのないことだから。しばらく静寂が包み、無言で星空を眺める。

するとﾞ、小さな声でリリスが呟く。

「羨ましいのじゃ」

「え？」

思わぬ一言が聞こえて、驚いた俺はリリスのほうへ顔を向ける。その横顔はどこか寂しそうに見えた。

「羨ましい？」

「うむ、羨ましい。人間の国からワシの城までわざわざ出向いてまで、いなくなったぬしを探しに来たんじゃろ？　ただのメイド、使用人がすることとは思えん。すごい忠誠心じゃ」

「忠誠心とは、違う気がするけどな」

「ワシにはおらんのじゃ」

リリスはぼそっと、弱々しい声で呟いた。

「ワシに何かあっても、誰も駆けつけてはくれん……お父様と違って、ワシは魔王として未熟じゃからな」

「リリス……」

「じゃから羨ましいぞ！　命を賭しても窮地に駆けつけてくれる相手がおる……ワシもいつか、そうなれたらいいのじゃ」

「――なれるさ」

「え？」

俺の声にぴくっと驚いて、彼女は俺のほうを見る。それに合わせるように、俺は夜空に目を向ける。

「今のお前は確かに未熟だ。力は弱いし、根性はないし、ペンダントの力がなければその辺の魔獣にすら負ける」

「い、言いすぎじゃぞ」

「でも、お前は自分が未熟であることを知っている。自分が弱いことを自覚している。そういう奴(やつ)こそ成長するんだ」

「そうなのか？」

「ああ、俺がそうだったからな」

星空を見ながら思い返す。

俺だって最初から強かったわけじゃない。この世に、勇者として選ばれる者は何人もいる。特別なようで、特別じゃない力が宿っただけだ。

勇者になったばかりの俺は、いつだって自分の無力さに唇をかみしめた。俺が弱いせいで守れなかった人たちはたくさんいる。

もっと強ければ……今より大勢の人を守ることができる。世界が平和にならない、人々に安寧が訪れないのは俺が弱いせいだと思っていた。

強くなるしかない。誰にも負けないくらい強く、どこにいても、誰であろうと守れるような圧倒的な強さを欲した。

そして俺は、最強へと成った。

「己の弱さを知り、弱さに苛立ち、強くありたいと願う。強くなるための第一歩は、自分自身の弱さを認めることだ。これが案外難しいらしくてな。けどお前は、その第一歩をすでにクリアしている」

「う、うむ。ワシは弱い……そんなこと嫌でもわかるのじゃ」

「それを自覚し認めるのも一つの強さなんだよ。お前はもう知っている。なら、ここから先は強くなるしか道はない。今いる場所に、これからも留まり続けるのは嫌だろ？」

「嫌じゃな」

「そう。だったら強くなれる。その気持ちを失わない限りは」

今はまだ弱くとも、時間をかけて修練を積み、経験を積み重ねれば必ず成果は出る。俺だって馬鹿じゃない。

ただがむしゃらに特訓を強いているわけじゃない。彼女が強くなることを確信しているから、わかっているから追い込んでいるだけだ。

「そういうわけだから、明日からも特訓に励んでくれ」

「うっ……い、今は思い出したくないのじゃ」

「その根性なしな性格も、おいおい強くなってくれると嬉しいな」

「が、頑張るのじゃ」

俺は呆れて笑みを浮かべる。口ではいろいろ言いながら、子供らしさや愛嬌が薄れてしまうことは少し寂しいと思う自分がいたことに。

「――さて」

俺はゆっくりと立ち上がる。

「終わったみたいだから戻るか」

「え？　わかるのか？」

「ああ、音が消えたからな」

中庭にいてもかすかに、サラが部屋の片づけをしている音が聞こえていた。注意しなければわからないほど小さな音だから、リリスは気づかなかっただろう。

俺は彼女と一緒にいた時間が長く、俺の身の回りの世話をしてもらっていた経験がある。いつも聞いていたから、音でわかるようになった。

彼女が今、何をしているのか。勇者とは無関係な、ちょっとした特殊技能だ。

「まだ十分くらいしか経っておらんのに、さすがに早いのう」

「サラは優秀だからな」

「みたいじゃな！　ぬしはいいメイドを連れてきたのう！　でかしたのじゃ！」

「別に俺が連れてきたわけじゃ……」

王城の中へ戻る一歩手前で、俺はふと考えて立ち止まる。俺が立ち止まったことに合わせて、リリスも後ろでピタッと止まった。

「どうしたのじゃ？　戻らんのか？」

「……一応聞くけど、本当によかったのか？　サラは一度、お前のことを殺そうとしたんだぞ？」

「じゃがもうしないんじゃろ？」

「俺はそう思ってる」

「なら問題ないのじゃ！　サラのことはよくわからんが、ぬしのことは信じておる！　そのぬしが大丈夫じゃと言うのなら、ワシも信じる」

リリスは腰に手を当て、小さな胸を張って堂々と宣言した。リリスらしい言葉だけど、俺は少し呆れてしまう。

「信じてくれるのは嬉しいけど、あまり簡単に人を信じないほうがいいぞ」

「簡単ではないのじゃ。ぬしは敵だったワシを二度も助けてくれた。一緒に戦ってくれた。だから信じておる！　ぬしは特別じゃからな」

「――特別、か」

そんな風に思ってくれていたのか。初めて知って、面映ゆさを感じながら自然と口角が上がる。

「それに！　一度敵対した相手でも、優れた人材なら迷いなく引き入れる！　お父様もそうしておった！　じゃから、サラもワシの部下にする！」

「大魔王の真似事か」

「うむ！　今はまだ真似じゃ……でもいつか、ワシは敵からも選ばれる魔王になってみせるのじゃ！」

そう宣言して、彼女は歩き出し俺を追い越していく。その後ろ姿は幼く小さく、まだ子供で弱々しい。

彼女は弱く未熟だ。まだ魔王を名乗るには足りないものが多くある。それでも、俺やサラ、敵すら受け入れる広い心は、まさに王の才能に他ならない。

「未熟でも、お前は魔王だよ」

「ん？　何か言ったか？」

「なんでもない。行くか？　サラが待ってる」

「うむ！　ワシもそろそろ眠たくなってきたのじゃ」

ふぁーと可愛らしく大きな欠伸をする。眠っているところを無理やり起こされたんだ。明日の朝は少しだけ、特訓の開始時間を遅くするか。

俺とリリスが部屋に戻ると、荒らされていた寝室は見事に整頓され生まれ変わっていた。

「「おおー」」

「お待たせいたしました」

「綺麗になっておる。しかもなんじゃ、整頓されておるぞ」

「はい。僭越ながら過ごしやすいように配置を変えさせていただきました」

サラは部屋の掃除だけでなく、家具の配置や中身まで綺麗に整頓してくれている。家具はそこまで多くないとは言え、女性が持ち上げるには大きい物が多い。

これをたったの十分足らずで終わらせてしまう。サラのメイドとしての技能の高さを物語っていた。

「なんだか新しい場所に来た気分じゃ！　ワクワクするのう」

「気に入っていただけたようで何よりです」

「うむ！　じゃあ眠いし、そろそろワシはベッドに――」

「その前にリリス様、一つ確認させていただけませんか？」

ベッドに倒れ込もうとしたリリスを、サラの質問が引き留める。リリスは身体をベッドに向かって斜めにしながら、今にも寝転がりそうな姿勢で振り向く。

「なんじゃ？」

「リリス様」

サラはいつになく真剣な表情を見せる。一体何を聞くつもりなのか。横で聞いている俺もなぜか緊張して、ごくりと息を呑んだ。

そうして絶妙な空気の中で、サラが質問したのは……。

「最後にお風呂に入られたのは、いつですか？」

「……え？　風呂じゃと？」

「はい。入浴です。シャワーでも構いませんが、いつでしょう？」

「さ、さぁのう？　いつじゃったかぁ～」

あからさまに動揺しているリリスは視線を右へ左へとキョロキョロさせる。サラは続けて俺のほうに視線を向けた。

「アレン様はご存知ですか？」、と視線で尋ねてくる。

「そういえば、こっちに来てから一度も見ていないような……」

魔王城には大浴場があることは知っている。俺も初めてここへ来たとき、一度だけ利用させてもらった。

王城の浴場と同じくらい大きな風呂だったから印象に残っている。悪魔とは言え、女の子の入浴を覗く趣味はないし、気にしたことなかったが……。

今から思い返すと、夕食の後はすぐに寝室に行って寝てしまっていたし、リリスはいつ風呂に入っていたんだ？

「入っていませんよね？」

「ギクッ」

「わかりやすいな、お前……」

知っていたけど嘘をつけないタイプだな。

「いつから入ってないんだ？」

「……」

「おい、いつからだ？　まさか一か月以上入っていないとか、そんなわけ……」

リリスはピクリと反応して、すっと視線を逸らした。本当にわかりやすい。

「サラ」

「はい」

「リリスを風呂に入れてやってくれ」

「かしこまりました」

「嫌じゃあああ！　風呂は嫌いなんじゃあああああああ！」

唐突に駄々をこね始めるリリスを、サラがガシッと抱きかかえる。子供の姿のリリスがいくら暴れても、サラは気にせず歩き出す。

リリスは特訓の時と同じくらいの嫌がり方をしている。相当風呂が嫌みたいだけど、さすがに何か月も身体を洗っていないのは衛生上よくないからな。

「あまり文句を言うな。大人しく風呂に入れ」

「嫌じゃ嫌じゃ！　こうなったらぬしも道連れじゃ！　一緒に風呂に入れ！」

「なんでそうな――」

「はい。アレン様も来てください」

「――え？」

サラはリリスを抱えながらピタリと足を止め、俺のほうへ振り向いて口を開く。

「お気づきになられていないようですが、アレン様も……」

目を逸らし、申し訳なさそうにしながら、小さな声でサラは呟く。

「……臭います」

「――なっ！」

◇◇◇

勇者はその役割が故、様々な場所へ旅をする。向かう先は基本的には魔王城。敵地へ乗り込むことになる。

近づくほどに緊張感は増していき、一瞬の油断すら命取りになる。それ故に、まともに風呂に入れない状況は当たり前に起こりうる。

かくいう俺も、過酷な環境で生き続けてきた弊害として、ゆっくり入浴する機会は限られていた。

思い返しても風呂に入れるタイミングなんて、任務を終えて王城へ帰還した時だけだった。旅をしている何か月の間、一度も入れないことも少なくない。全く気にならなくなっていたけど……。

「俺……臭ってたんだな……」

身体を洗ってからジャポンと大浴場のお風呂に浸かる。染みるような温かさを感じながら、過去最大級のショックに心が痛んでいた。

これまで敵にかけられた煽り文句のどれよりも心に効いた。

「はぁ……」

風呂に入れない生活に慣れてしまった弊害として、他人が同じ状況でも気づけなくなっていたらしい。問い詰めた結果、リリスが最後に入浴したのは三か月ほど前らしい。それも軽く水浴びをした程度だとか。

それだけ風呂に入っていないことに、俺は気づけなかったのか……と、改めてショックを受けた。

そして、問題のリリスはというと……。

「うぅ……嫌じゃ、お湯は苦手じゃ……」

「我慢してください。ちゃんと洗ってあげますから」

サラの前で小さくなって、彼女に髪の毛を洗ってもらっていた。どうやらリリスはお湯が苦手らしい。

「なんでお湯が苦手なんだ？」

「うぅ……前にお父様がお風呂に入っているところにとびこんだら……火傷するくらい熱かったのじゃ」

「なんだその理由は……」

「知らなかったのじゃ！　お父様があんなに熱い風呂が好きだったなんて！」

勝手に飛び込んで熱さにびっくりして嫌いになったのか。完全に自業自得だし、間抜けなエピソードだから同情もできそうにない。

「ちゃんと適切な温度に調整しています。火傷はしませんから安心してください」

「ほ、本当じゃろうな？　火傷したら大変なんじゃぞ！」

「知っていますよ。早く終わりたいならじっとしていてください。目も閉じておかないとしみてしまいますよ」

「わ、わかってるのじゃ」

リリスはサラに言われるがまま目を瞑り、がくがくと震えながら髪の毛を洗ってもらっている。

　当然のごとく、魔王としての威厳は一切ない姿だ。

「……」

　改めて、どうして俺は二人と一緒にお風呂に入っているのだろうか？

　当たり前だけど、二人とも裸だ。リリスはまだ幼いとはいえ女の子だし、サラに関しては立派な女性で……そんな二人と男の俺が一緒に入浴するって、大丈夫か？

　元勇者として恥ずべき行為なんじゃないか？

　とりあえず見ないように背を向けている。湯けむりのおかげで、仮に振り向いてもぼやけてしか見えないのが幸いだ。

　リリスじゃないが、早く終わってくれないだろうか。

「ま、まだか？」

「まだですよ。リリス様はずっとお風呂に入っていなかったのですから、入念にしっかり洗わないといけません」

「うぅ……だったら自分で洗うのじゃ！　それくらいできる！」

　リリスは我儘（わがまま）に洗ってくれていたサラの手をぐいっと払いのける。しかしサラは気にもしないで、洗髪を続けようとする。

「遠慮なさらないでください」

「え、遠慮ではないのじゃ！」

「そうだぞ～　遠慮せずサラに洗ってもらえ。まだ子供なんだから、それくらいはやってもらってもいいんだ」

リリスにやらせると時間がかかりそうだからな。この混浴の状況をいち早く終わらせるためにも、サラにお願いしたほうが確実だ。

頼むから文句を言わずに洗われていてくれ。とか、思っていたら……。

「ワシはそこまで子供ではないのじゃ！」

予想外にリリスが怒ってしまった。後ろで立ち上がった音が聞こえて、テクテクとこちらに向かって歩いてきている。

「ぬしよ！　こっちを向くのじゃ！」

「ん？　なんでだ？」

「いいからこっちを向け！」

「……」

振り向くまで粘る意志を感じた俺は、ため息をこぼしながら仕方なくゆっくりと振り向く。湯けむりで視界は悪いし、意識すればサラを見ないで振り向けるだろう。

子供のリリスだけなら、多少視界に入ったところでなんとも思わ――

「――ってお前！　なんで大人の姿になってるんだよ！」

「ふっはっはっ！　見たかたわけめ！　今のワシが子供に見えるか？」

振り向いた先で大人バージョンに変身したリリスが仁王立ちしていた。堂々と、何の恥じらいもなく得意げな表情で。

一緒にいるサラは少しだけ驚いた表情をしている。リリスの大人バージョンを見るのは初めてだっただろう。それにしては驚き方が微妙だった。

湯けむりもここまで近ければ意味をなさない。俺はまったく意図せず、大人になったリリスの身体を目に焼き付けてしまった。

俺は咄嗟に目を瞑り、顔を背ける。

「お前は何を考えているんだよ！　こんなもったいない使い方をするな！」

「ワシの力をどう使おうが勝手じゃ！　それよりちゃんと見ろ！　ワシは大人じゃ！」

「わかったから！　せめて隠せ！」

「認めたな？　ワシの勝ちじゃな！」

リリスは高らかに笑う。こんなにも勝ち誇った声で笑う彼女を初めて見たかもしれない。厳密には目を背けていて見てはいないんだが……。

「最強の勇者もこの程度とはのう？　修行が足りないのではないか？」

「リリス様」

「見るがいいサラよ！　ぬしの主の情けない姿を！」

「男性に裸を晒すのは、少々恥じらいが足りませんよ？」

　ここに来てまっすぐな正論をサラが言い放つ。そんな当たり前のことを今さら言ってもリリスには通じない――。

「男……裸……はっ！」

　というわけでもないらしい。

「う、うぅ……」

　リリスは顔を真っ赤に染めて、涙目になりながら俺を見下ろす。そうして身体を震わせながら弱々しい声で。

「も、もうお嫁にいけないのじゃあああああああああああ」

　そう叫びながら一目散に大浴場から走り去ってしまった。俺を言い負かすのに夢中になって、裸を見られていることに気づいていなかったらしい。

「リリス様！　まだお身体を拭いていませんよ！」

　走り去って行くリリスをサラが追いかけて走っていく。二人がいなくなり、奇しくも浴場には俺一人になった。

　俺はお湯に首がつかるまで沈む。

「……はぁ、疲れた」

　当初の予想とはだいぶ違ったけど、おかげで二人とも先に出て行ってくれた。これでゆっくりと入浴していられる。

改めて思う。こうしてのんびりお風呂につかっていられる時間は新鮮だ。勇者として戦い続けていた頃にはありえなかった。

いくど夢見たことだろう。戦いのない平和な世界で、こんな風に穏やかな時間を過ごせたのなら、どれほど幸せなのだろう……と。

「……」

少し、罪悪感を抱いてしまう。こんな風に落ち着いて、のんびり過ごしていてもいいのだろうかと。

なまじ激しく戦況が変わる死地に身を置き、呼吸すら忘れる激闘の中で生きてきて、それが当たり前だったからだろう。

自分が休んでいる間にも、どこかで誰かが泣いている。命を守るために血を流しているかもしれない。

俺は最強の名を持つ勇者だ。ならば、その名に相応(ふさわ)しい成果を、結果を残さなくてはならない。そうでなければ、人々は安心して眠れない。

王国からの無茶な依頼の影響もあったけど、俺はいつだって強迫観念に苛(さいな)まれていた。

戦い続けろ、休むことなんて許されない。一滴でも無駄に流れる血を失(な)くせ。人々が真に平和を手に入れるまで戦い続けろ。

たとえその先に待つのが、敵と味方両方の屍の山だとしても……。

「……出るか」

ばしゃっとお湯から上がり、振り返って戻ろうとした。

「もう上がられてしまうのですか？」

「ああ、二人のことも心配だしな」

「でしたらご心配には及びません。リリス様は寝室に向かわれました。私は、まだここにいます」

「そうか。なら……って、サラ!?」

いつの間にやら戻ってきていた彼女が目の前に立っていた。リリスと同じように、湯けむりが意味をなさない距離で堂々と。

俺は慌てて浴槽にじゃぽんと身体をつける。

「も、戻ってきていたのか」

「はい。先ほど戻ってまいりました。リリス様のお世話は終わりましたので、今度はアレン様の番です」

「お、俺の？　俺はちゃんと洗ってるぞ」

「わかっております。ですが、御背中は意外と自分では手が届きませんから」

「いや、さすがに俺は……」

「どうか私に、アレン様の御背中を流させてください。ご迷惑をたくさんかけてしまったお詫びを……させていただきたいのです」

サラの声が切なく浴場に響く。ただの戯れで言っているわけじゃないことは、彼女の声を聞いて理解した。

「……わかった。背中だけ、頼むよ」

「はい。かしこまりました」

そんな風に頼まれたら俺は断れない。俺は彼女に背を向けて座り、背中を洗ってもらうことにした。長くメイドをしてもらっているけど、こんな経験は初めてだ。

魔王と戦う時よりも緊張して、胸がドキドキ鳴っている。

そうして静かに、サラが俺の背中を洗い始める。優しく、丁寧に洗ってくれているのがわかった。

しばらく無言が続き、背中を洗う音だけが聞こえている。

「――硬い背中ですね」

ふいに、サラがそう呟いた。

「鍛えてるからな」

「はい。知っています」

「そうだな。訓練してる時も、いつも傍で見ていてくれたし――！」

背中に当たる感覚が変化した。背中を洗っていた布ではなく、もっと柔らかくて温かなものが当たっている。

振り向くまでもなくわかってしまった。サラが、俺の背にもたれかかっていることに。

「……見ていることしか、できませんでした」

「サラ?」

「私に許されていたのは、メイドとしての役割だけです。だから私は、アレン様の帰りを待っていることしかできませんでした」

彼女は震える声で語り出す。これまで秘めていた想いを、さらけ出す。

「それが私には……辛かった。アレン様は必ず帰ってくるといつもおっしゃってくれて、私もそれを信じていました。けれど、考えてしまう時があります。もしも、帰ってこなかったら……」

そして、俺は帰ってこなかった。戻るという約束を、初めて破ってしまった。彼女は俺が考えている以上に、不安を感じていたんだと、今さら理解する。

「ごめんな、サラ」

俺は右手を後ろに回して、サラの頭を軽く撫でてあげた。リリスにするように、安心してもらえるように。

「もう……勝手にいなくならないでください」

「ああ」

「絶対です。私はアレン様のメイドです。アレン様以外のメイドには……なりたくありません」

「光栄だよ」

背中に流れる温かなお湯と一緒に、冷たい雫が流れていくのが伝わった。彼女の本音が、思いが全身に伝わってくるようだ。

サラが俺を思って、俺のために泣いてくれている。こんな風に思うのは自分勝手で失礼かもしれないけど、嬉しかった。

こんな俺のことを、心の底から慕ってくれている人が、ここにいてくれることが。

「俺はもうどこにもいかないよ」

「本当……ですか？」

「ああ、今ここで改めて誓うよ」

勇者でなくなった俺の新しい居場所はここだ。そしてここには、サラもいる。俺の帰るべき場所には、いつだって彼女が待っていてくれる。だけどこれからは、ただ待っていてもらうだけじゃない。

もう、一人で頑張る必要はないんだ。幼くて弱い魔王を、優秀なメイドにも支えてもらおうじゃないか。

もちろん、俺のことも。

「約束……ですよ」

「約束だ。俺は約束を破ったことは……一度しかないからな」

あれで最後にしよう。彼女との約束を破ってしまうのは……。

そう心に誓う。サラの涙が俺の背中を伝って消える。もう二度と、俺のために彼女が泣かなくてもいいように。


以下を雇用条件特記事項に追加する。

※やむを得ない理由がない限り、毎日お風呂に入る。

第四章　大魔王の遺産

とある魔界の僻地に、リリスたちのものとは異なる魔王城がある。その玉座に座るのは、まだ若い魔王だった。

彼は玉座で堂々と、部下たちを見下ろしながらため息をこぼす。

「はぁ……これだけ？」

「はい。こ、今月の徴収であります」

部下の悪魔は震えながら魔王に献上する。魔王は明らかに苛立っていた。否、呆れていた。

「随分と少ないじゃないか。先月より減っているんじゃないか？」

「そ、それは仕方がないことなのです！　領民の暮らしは常に貧窮しております。これ以上絞り取っては、皆が餓えてしまいます」

「いいじゃないか、別に」

「なっ……魔王様！」

部下の悪魔は声を荒らげる。しかし魔王は動じることなく、退屈そうな顔をして言う。

「弱くて役に立たない連中なんて、いても邪魔になるだけだろ？　そんな奴らは餓えて死んでしまえばいいんだ」

「……自分だって下級悪魔のくせに」

「ん？　何か言ったか？」

チャキ、と金属音が鳴る。魔王は腰に携えた魔剣の柄に触れていた。禍々しいオーラを纏ったその剣は、見た者を恐怖の淵へといざなう。

焦った部下の悪魔は首を横に振って否定する。

「な、なんでもございません！」

「そう？　わかったなら足りない分を徴収してきてよ。抵抗するようなら殺してもいいから」

「は、はっ！」

「そうそう――」

命令を受け、立ち去ろうとする部下の悪魔を呼び止める。振り返った悪魔に、魔王はニヤリと笑みを浮かべて言い放つ。

「もしまた減っていたら……お前たちの報酬を削っていく」

「うっ……そ、それは」

「嫌だよね？　だったら意地でも回収してきてよ。じゃないと、餓えて死ぬのはお前たちになるぞ」

「……かしこまりました。魔王様」

部下の悪魔は唇をかみしめ、拳を震わせながら去っていく。

悔しそうな横顔をのぞかせて。一人になった魔王は、その表情を思い浮かべてほくそ笑む。

「くくっ、悔しそうだったなー。ざまぁないよ。今まで散々いばってたやつが、今じゃ俺にへコヘコしちゃってさ～」

彼は最初から、この城の主だったわけではない。

魔王を名乗ることは誰でもできる。しかし、名乗った時点で多くの悪魔から狙われてしまうため、力なきものが名乗っても長続きしない。故に、新進気鋭の魔王たちは忙しなく入れ替わる。

もっとも、彼の場合は特殊だった。下級悪魔でしかなかった彼が魔王の座に就けたのは、すべて腰に携えた剣のおかげである。

「ほんっと最高だな。この魔剣さえあれば、俺も『大罪の魔王』の一人になれるんじゃないか？　なんて、今でも十分に快適だから挑んだりしないけど」

その剣はただの剣にあらず。憎悪、嫉妬、呪怨、様々な負の感情が凝縮された一振り。すべての魔剣の頂点に位置し、いずれ世界を終らせる強大な力を秘めている。

原初の聖剣と対をなす……終焉の魔剣。かつて大魔王が所持していた代物を、彼は手に入れていた。

「俺ってついてるな～。選ばれし者ってやつ？　ははっ、その点あいつらは違うな。なんの取り柄もないんだ。俺にこき使われてるのがお似合いだよ」

彼は部下たちをあざ笑う。配下の悪魔たちの中には、素の力なら魔王を軽く超えている者も多い。

本来、下級悪魔は上級悪魔に勝てるはずがない。その不可能すら可能にしてしまうのが、終焉の魔剣の力である。

この剣が魔王の元にある以上、誰も逆らうことはできない。どれだけ理不尽な命令だろうと実行する。

達成できなければ自分が消されるかもしれない。そんな恐怖と、格下だった悪魔に見下される屈辱（くつじょく）に耐えながら、部下たちはこの城で働いていた。

それ故に、彼らは胸のうちでこう願っている。

誰でもいい。

この馬鹿で腹の立つ似非（えせ）魔王を……引きずりおろしてくれ。

残念ながら願うばかりで、誰もその力を持っていない。他の魔王も、積極的に敵対しない彼をわざわざ襲撃することはない。すでに新鋭の魔王が数名、彼に挑んで敗れている。

その情報もめぐり、魔王たちの敵対候補から優先順位が下がっていた。

さらに彼は魔界で目立った行動をしていない。故に勇者側からも、マークはされているが優先度は低く設定されている。

並の勇者では、彼のもつ魔剣には敵わない。

すべてが順調。まさに順風満帆な生活。何もかも、彼の思うがまま。

「ちょろいもんだな。魔王をやるってのも」

彼の名は、魔王リーベ。魔剣の魔王、魔獣使いと呼ばれる彼は、実力がないまま偶然手にした力だけで魔王になった。

しかしこれより数日後、彼の王位は終わりを告げる。偽りの玉座は、真の王の前に滅びることになる。

◇◇◇

身体は眠っていて、意識は半分覚醒している。

もうすぐ目が覚める。眠っている自分を自覚し、起きようとする直前の状態だ。

なんだかいい香りがする。甘くて優しい。

穏やかな……風？

「う……」

「おはようございます。アレン様」

ゆっくり目を覚ました。

最初に視界に入るのは部屋の天井……ではなく、サラの顔だった。

俺のことを起こしに来てくれたようだ。

王都にいた頃から、彼女はそうして俺が起きるのを待っている。ただ、今回は明らかに……。

「ち、近いぞ」

顔が近すぎた。

文字通り目と鼻の先に彼女の顔がある。俺が少しでも顔をあげたら、おでこがぶつかってしまいそうな距離。

いい香りは彼女の匂(にお)いか。感じた風は、彼女の吐息だった？

「ど、どいてくれるか？」

「失礼いたしました」

彼女は何事もなかったかのように、そっと俺から離れる。ほんの少し、ガッカリしたような表情を見せて。俺はベッドから起き上がり、じっとサラのことを見つめる。

「どうかなさいましたか？」

「……いや、なんであんなに距離が近かったんだ？」

「アレン様が気持ちよさそうに眠っておられたので、その寝顔を見ておりました」

「あの至近距離から？」

サラはニコリと微笑む。

「……何もしてないよな？」

「はい。まだ何もしておりません」

ま、まだ……？

何かするつもりだったのか？

「あのままお目覚めにならない様子なら、心配になって人工呼吸の一つでもしていたかもしれませんね」

「じ、なんでだよ。普通に起こしてくれ」

「お嫌でしたか？　私と……」

そう言いながら彼女は自分の唇に触れる。切なげな表情を見せながら。

そのしぐさに、思わずドキッとしてしまう。

「別に嫌とかじゃない」

「ふふっ、冗談ですよ。アレン様はお優しいですね」

「おい、まさかお前、からかってるのか？」

「どうでしょう？」

彼女はまた笑顔を見せる。苦手だったはずの笑顔が、自然な形で作れている。

それも、普段見たことがない意地悪な笑顔だ。なんだか活き活きしている。

「サラ……なんか変わったか？」

「私は普段通りです」

「いや全然違うだろ。今まで俺をからかったりしたことは一度もなかったじゃないか。少なくとも王都にいた頃は、そんな風に笑うこともなかっただろ？」

俺の記憶にあるサラは、いつも冷静で落ち着いていてかしこまっていた。メイドとして粗相がないように注意し、受け答えも気を使って、俺の邪魔をしないように。

笑顔も作り笑いだとわかってしまうくらい下手だった。

「そうですね……王都ではいろいろな方の目がありましたから。いつも気を張っていました。私の失態一つで、アレン様にご迷惑をかけないように」

「そんなこと考えてたのか」

気づかなかった。ずっと傍にいてくれたのに。忙しいことを言い訳にはできないな。

「ですが今は、周りの目を気にする必要がありません。おかげで少し、身軽になりました」

「そうか」

なら、今の彼女が本来の姿なのだろう。厳格な性格ではなくて、ちょっと悪戯好きな女の子。今まで抑圧されていた分、悪戯にも力が入っているのかな。

ビックリさせられたけど、悪くないと思った。

「朝食の準備はできております」

「わかった。着替えたらすぐに行くよ」

「よろしければお着替えもご一緒しましょうか？」

「いや……遠慮しとくよ」

「残念です」

ただ、俺のほうが慣れるまで時間がかかりそうだ。しばらく彼女の悪戯に、ドキドキさせられる日々になるだろう。

それもまた、悪くはない。

自由に生きられているという証拠だから。

◇◇◇

テーブルの上に朝食が並ぶ。昨日の夕食が豪華すぎたせいか、少々質素に感じられる。

実際そんなことはなく、十分豪華な朝食だ。お腹いっぱいになるように量もある。

サラが早起きして準備してくれたものだろう。ありがたく頂くとしよう。

「いただきます」

「どうぞお召し上がりください」

ぱくりと一口。口の中で広がる味に納得し、安心する。

慣れ親しんだ彼女の味だ。

「美味しいよ、サラ」

「ありがとうございます」

魔王城での暮らしにサラが加わり、生活の質はぐっと向上した気がする。

王国を敵に回した身だ。のんびりはしていられないからこそ、こういう時間は大切にしないとな。

「……ところで」

さっきからずっと気になっていることが一つ。

この場には俺とサラの他にもう一人、魔王城の主がいるわけだが。

「ガクガクブルブル」

「なんでリリスはあんなに怯えてるんだ？」

椅子の上で綺麗に膝を抱え丸まり、朝食にも手を付けず震えていた。

尋常ではない怯え方をしている。怖い夢でも見たのか……という次元でもなさそうだ。

「サラは知ってるか？」

「わかりません」

「そうか」

「き、気を付けるのじゃアレン……その女は危険じゃ」

震える声でリリスが俺に忠告してきた。視線は定まらないまま、サラのことを指さしている。

キョトンとするサラ。

「何かしたのか？」

「いえ特には何も。今朝はお目覚めが遅かったので、僭越ながら私が起こしに行かせていただいた程度です」

「なるほど。ちなみにどんな風に？」

「そうですね」

彼女はおもむろに移動して、大剣を持って戻ってきた。

この時点でなんとなく予想がつく。

「何度呼びかけてもお目覚めにならなかったので」

「うん」

彼女は大剣を持ち上げ、切っ先を床に向けて突き刺す。ガキンッという金属音が響き、床が割れる。

「ひ、ひぃ！」

「こうしました」

「……そういうことか」

リリスの目覚めの悪さは俺も知っている。これまで何度か起こしに行って、大声で叫んでも目覚めないことが多々あった。

俺の場合は根気よく呼びかけて起こしたり、ロスした分訓練を厳しくしたりという対処だったが……サラはもっと極端な方法をとったのか。

いつの間にか席を立ち、俺にしがみついていたリリスが涙目で言う。

「アレン！　あやつは悪魔じゃ！」

「いや悪魔はお前だろ」

「そういう冗談は今必要ではない！」

「冗談じゃなくて真実なんだが」

ものすごい震えている。どれだけ怖かったんだ？

まぁでも、起き抜けに大剣を振り下ろされたら怖いよな。

「リリス様、お食事中に行儀が悪いですよ」

「ひぃ！　こ、殺さないでくれ！」

「魔王が情けなさすぎるだろ。ほら、席に戻って食べろ。サラも、あんまり脅すのはやめてやってくれ」

「かしこまりました」

サラはぺこりとお辞儀をする。

リリスはビクビクしながら自分の席に戻る。

「ま、まったく……こんな奴を メイドにしておったとは……勇者はイカレておる」

「ひどい言われようだな」

「起き抜けに殺しにくる女じゃぞ！　どこの悪……美味いのじゃ！」

いきなり目を輝かせるリリス。食べた朝食がそんなに美味しかったのか。

次々にパクパク食べている。

「美味い！　美味いのじゃ！　こんな料理を毎日食べられるなんて幸せじゃのう～　アレンはいいメイドを雇っておったな！」

「……さっきと言ってること違くないか？　サラのこと悪魔とか言ってただろ」

「悪魔はワシじゃ、何をボケておる？」

「こいつ……」

今度寝起きにパンチの一発でもお見舞いしてやろうか。

大剣振り下ろすよりはマシだろ。

「この料理を作れる者が悪魔なわけなかろう？　むしろ天使じゃ！」

「だったら天敵じゃないか。ったく」

情緒不安定か。まぁいい、上機嫌になったなら話を進めよう。

「朝食を食べ終わったら特訓だ。今日も張り切っていくぞ」

「……こっちに悪魔がおったか」

「おい」

「た、偶(たま)には休みも悪くないじゃろ？　のう、サラもそう思わ――」

　サラに同意を求めようとしたリリスだったが、一瞬で理解したらしい。じっと視線を合わせられ、ニコやかに詰め寄られる。

　こんなにも怖い笑顔は初めて見たかもしれない。

「いけませんよ？　アレン様の言うことにはしっかり従ってください。でないと、お昼ご飯はなしです」

「やっぱり悪魔じゃ！」

　騒ぐリリスを笑顔で見つめるサラ。

　賑(にぎ)やかになった食卓で、俺は呆(あき)れながら笑う。


「うう……本当に特訓するのか？」

「当たり前だろ？　いつまた勇者が攻めてくるかわからないんだ」

「アレンがおるじゃろ」

「魔王が勇者に頼ってどうするんだ」

　やれやれと呆れながらリリスに言う。

「俺だけ強くても意味がないんだ。お前も最強になって初めて、俺たちの目的は達成される。

前にも話しただろ？」

「むぅ……アレンの相手をしていると死にそうになるんじゃよ」

「お前なぁ……ああ、だったら今日は相手を変えよう」

「ん？　誰にじゃ？」

リリスはキョトンとした顔をする。この場にいるのは俺とリリス、サラの三人だけ。

俺じゃないなら答えは一人だろう。

「サラ、お願いできるか？」

「はい。アレン様のお望みであれば」

「サラがワシの相手をするのか？」

「ああ。もちろん多少のハンデは貰うぞ？　お前は武器と魔法の使用はなし。体術のみで戦え。ペンダントの力は使った状態で」

サラはすでに大剣を準備していた。

彼女は魔法が得意じゃない。大剣での近接戦闘が主となる。準備はできていると言いたげに、サラは目を瞑っている。

「だ、大丈夫なのか？　それでもハンデにならん気がするのじゃが……」

「心配するな。たぶん、お前が思っているようにはならない」

自信ではなく、俺には確信があった。この勝負、勝つのはサラだと。

理解できないという表情のリリスは、戸惑いながらも納得する。

「まぁいいのじゃ。アレンが相手でないなら、ワシも楽ができそうじゃしのう。いい機会じゃ。日ごろの鬱憤をぬしのメイドで晴らしてもよいぞ？」

「ははっ、できたらいいな」

「むぅ、後悔しても遅いからのう！　サラ！　始めるぞ」

ちょっと煽ったらプンプン怒ってリリスが離れていく。相変わらずわかりやすい性格で助かるよ。俺はサラに視線を向ける。

「手加減はいらないからな」

「はい。行ってまいります」

サラは軽くお辞儀をして、リリスのほうへと向かっていく。

両者が一定の距離をとり向かい合った。

「制限時間は五分！　終わるまで待ったはなしだ。二人ともいいな？」

「はい」

「いつでもいけるのじゃ！」

「よし。じゃあ……始めろ！」

俺の合図と共に戦闘訓練が開始される。リリスはペンダントの力を発動させ、大人の姿に変身する。

大人バージョンのリリスを見ながら、サラは少しだけ目を細める。姿はお風呂で見ているはずだけど、こうしてしっかり対峙するのは初めてだ。

「それが成長し、力を発揮できる姿ですね」

「そうじゃよ。こうなったワシは手加減できん。恨むなら自分の主を恨むんじゃな」

「ご忠告ありがとうございます。ですが私がアレン様を恨むことはありません。主人の期待に応えることが、メイドの務めですから」

サラは大剣を構える。大人バージョンリリスを前にしても、一切怖気づいていない。

その様子が気に入らなかったのか、リリスはムスッとする。

「健気じゃな。あとで後悔しても遅――え？」

リリスの眼前には大きく大剣を振りかぶったサラが迫る。軽く目を離した一瞬の隙をついて急接近していた。

サラは躊躇なく大剣を振り下ろす。

「うおっ！」

すんでのところでリリスは回避した。大剣は地面と衝突し、バキバキに地面が割れる。

たぶんだけど、寝起きもあんな感じだったんだろうな……。

「よく躱しましたね」

「なんじゃなんじゃなんじゃ！」

サラは続けて大剣を大きく振りまわし、逃げるリリスを追撃する。

連撃に続く連撃。リリスは慌てながら回避していく。

壁際に追い詰められ逃げ場をなくしてしまった。縦に振り下ろされる大剣。リリスは両手を合わせて受け止める。

「おっ、ギリギリ止めたな」

今のは当たると思ったんだが、思ったよりやるじゃないか。

俺との修行の成果が出ている証拠だな。二人の戦闘を見学しながら俺は頷く。

「なんじゃこいつ！　なんでこんなに素早いんじゃ！　しかもなんじゃこの力！　押しつぶされそうじゃぁ……」

俺が感心している間に、リリスは受け止めた大剣の重さに負けて潰されそうになっていた。

頑張って押し返そうとしている。対するサラは涼しい顔をして、ぐいぐいと大剣を押し込む。

「どうなっとるんじゃ！　こいつ人間じゃないのか！」

「人間だよ。勇者でもない。けど、彼女がもし勇者だったら、確実にランキング上位入りはしていただろうね」

「アレン様にそう言っていただけるなんて、光栄です」

「な、なんじゃと……」

相手は普通の人間、自分が負けるはずないと思ったか？

ほどほどに手を抜いてやり過ごす気でいたんだろうが、残念ながらサラ相手にそんなことできるはずもない。

彼女は生まれつき魔力を持たない。本来宿すはずだった魔力のすべてを、その肉体の力に還元している。

純粋な身体能力だけなら、俺よりも上だ。

聖剣も魔法もなしで全人類が戦ったら、最後に立っているのは彼女かもしれない。

「人は見かけによらないってことだ。サラ、気を使わなくていいぞ。大人になったリリスの身体は頑丈だ。多少斬りつけても問題ない」

「かしこまりました」

「うおおおー重い！　やっぱり悪魔じゃぬしらぁああああああああああああああああ」

リリスの悲鳴が木霊する。

懲りない奴だ。どれだけ叫んでも、助けなんてこないのに。

一時間後――

「はぁ、はぁ……もう無理じゃ」

「情けないなぁ～　まだ四セットしかやってないぞ」

ペンダントの効果は五分間。一度使うとその後十分間は使用できなくなる。だから五分特訓、十分休憩を繰り返しているわけだが……。

　地面に情けなく大の字で倒れるリリス。

「サラを見習え。呼吸一つ乱していないんだぞ」

「いついかなる時もお見苦しいお姿は主人に見せられませんので」

「そ、そんな怪物と比べるでない」

「悪魔がよく言えたな」

　確かにサラを普通の人間というには、少々解釈の幅が広すぎるかもしれない。

　彼女を一般人とは呼べないな。ただ、化け物なんて物騒な呼び名は似合わないけど。

「ほら、休憩終わったぞ。次だ次」

「もう無理じゃ」

「情けない声を出すな。そんなんじゃいつまでたっても立派な魔王にはなれないぞ？」

「うぅ〜」

　俺は大きくため息をこぼす。まったく何をしているのやら……。

　勇者が魔王を育てるなんて前代未聞だな。

「動きは少しずつよくなってる。それに気づいてないかもしれないが、ペンダントの効果時間も伸びてるんだぞ？」

「え、そうなのか？」

「やっぱり気づいてなかったか。大体十秒くらい伸びたな」

「いつの間に……」

彼女自身気づいていなかったペンダントの発動条件。どういう原理か不明だが、彼女の成長に応じて効果時間が伸びるらしい。

さらに特訓を積めば、長時間の変身も可能になるだろう。

「だから特訓を続けるぞ」

「むぅ……地道すぎるのじゃ。なんかこう、もっと極端に強くなれる方法はないのか？」

「あったら苦労しない。というか俺が聞きたいくらいだ。何かないのか？　悪魔が強くなれる道具とか。武器でもいいぞ」

正直この方法で特訓し続けても、彼女が強くなるまで何年かかるかわからない。

何か飛躍的に能力を向上させる方法はないかと、俺も考えていた。

「道具……武器……」

考えるリリス。そんな便利な道具があればいいが……まぁないだろう。

あればとっくに出しているはずだ。

「……あ」

「ん？」

リリスが何か思いついたような反応を見せる。だがすぐに、苦笑いに似た絶妙な表情になった。　俺は彼女に尋ねる。

「何かあるのか？」

「いや……うむ、あるには……あるんじゃが……」

「あるのか！　だったら早く言ってくれ」

「いやーえっとぉ」

なんだか歯切れが悪い。さっきからリリスは俺と目を合わせない。

どう見ても怪しい。

「なんだ？　話してみろ」

「その……」

「いいから話せ。じゃないとわからない」

「……じ、実は……」

彼女は恐る恐る語ってくれた。

この城には、彼女の父である大魔王サタンの遺産が残されていた。その大部分は戦いのあとに紛失したが、一つだけ隠されていたものがある。

大魔王の武器、終焉の魔剣。魔界に存在する魔剣の頂点に位置する一振り。

大魔王は娘であるリリスに、強者と戦うための力を残していた。

が、その魔剣は……。

「盗まれた!?」

「うっ……そ、そうじゃ」

「お前……」

五年ほど前。城に何者かが侵入して、地下に隠されていた魔剣を盗み出したらしい。

リリスはビクビクしながら教えてくれた。侵入者に気づいたのは盗まれた後だったという。

「ちゃんと管理してなかったのか？」

「だ、だって！　こんな辺境の城に盗人なんてくると思わなかったのじゃ！」

「……で、盗んだ奴はわかってるのか？」

「う、うむ。その後すぐに魔王になった奴がおる。しかも魔剣の魔王なんて呼ばれておったから……たぶんそいつが犯人じゃ」

聞けばこの城からそう遠くない場所に城を構えているとか。

俺も王都での記憶をたどる。そういえば確か、魔剣の魔王と呼ばれる奴がいたな。

危険度はＤランク。積極的に行動を起こさないから、王国でもそこまで危険視はされていなかった。

「はぁ……犯人がわかってるなら話が早い。いくぞ」

「え、どこに行くのじゃ？」

「決まってるだろ。取り返しに行くんだよ。その魔剣を！」

大魔王の遺産。それを持つべきは、彼の娘であるリリスだ。

久々に魔王退治といこうじゃないか。

◇◇◇

リーベの魔王城。リリスの城から歩き、一日弱で到着する距離にある。

城の周囲には街があり、悪魔や亜人種が暮らしている。

活気はあまりない。誰もが貧困に嘆き、怯えているようだった。見ていて少々心苦しいが、悪魔たちの事情に干渉する余裕はない。

俺たちは素通りして、気づかれる前にリーベの城にたどり着く。

「さて……準備はいいか？」

「はい」

「い、いけるのじゃ」

「よーし、それじゃ――」

俺は聖剣を抜き、城門目掛けて振り下ろす。

一瞬で粉々になった城門をくぐり、俺たちは堂々と前へ進む。

「な、なんだ！」

「――殴り込みだよ」

騒ぎを聞きつけて悪魔たちが集まってくる。

さすがに魔王城、数は多い。ただ、それほど強い悪魔はいないようだ。少なくとも俺がこれまで戦ってきた魔王の部下たちの中で、彼らは特に弱い。

目指すは魔王城の最上階。大体いつも、魔王は一番上の部屋で待機している。

「行くぞ。邪魔する奴らだけ相手をしろ。他は無視して進むこと優先だ。俺が先頭を行く」

「かしこまりました」

「う、うむ！」

「侵入者だ！　魔王様に知らせろぉ！」

いい具合に混乱させることができた。突然の襲撃で、統率もとれていない。

襲い掛かってくる悪魔たちをなぎ倒し、俺たちは魔王城の内部へ侵入した。

「思ったより手薄だな」

魔王にとって城は最後の砦だ。相当な戦力を集中させているものだが、さっきから下級悪魔しかいない。

俺の記憶が正しければ、新米の勇者が討伐に向かって返り討ちにあっているはずだが……。

この程度の相手に負けたのか？

走る俺たちの前に一人の悪魔が立ちふさがる。

「って、そんなわけないか」

「ここは通さんぞ。侵入者どもが」

雑魚な悪魔たちとは格が違う。上級悪魔……それも相当な魔力を秘めている。魔王と呼んでも遜色ないほどに……。

「安心したよ。この城にも優秀な部下はいるんだな」

「……たわけたことを抜かすな。ここは……儂の城じゃ！」

男は怒る。魔力と気迫を放って、空気が振動するほどに。

「お前の城だと？」

「そうだ。ここは儂の城だ！　これ以上荒らされてたまるか！」

違和感のある言い方だ。

魔王への忠誠心から城を守っているようには見えない。

ふと思い当たる。確かリリスの話では、ここは魔剣の魔王が誕生する以前、別の魔王がいたという。噂では魔剣の魔王に倒されたとされていたが……。

「まさかお前が、敗れた元魔王か」

「っ、儂はあんな小童を認めてはおらん！」

怒りのままに突進してくる。短絡的な動きで読みやすい。

俺は簡単に受け止め、地面にたたきつけて聖剣を突き立てる。

「くっ……」

「図星みたいだな」

「勇者だったのか……おのれっ」

　本気で悔しがる彼を見て、俺はあることを思いつく。

「……なぁ元魔王、取引をしないか？」

「取引だと？」

「ああ。俺たちの目的は魔剣の回収だ。そのために魔王を倒す。その後はあんたがこの城を貰（もら）えばいい」

「な、何を……」

「その代わり、俺たちに協力してくれ」

　元魔王の男は歯ぎしりをする。

「配下になれというのか！」

「違う。仲良くしようってだけだ。今後、俺たちが困ったら助けてほしい。言うなれば同盟かな？」

「同盟……だと？　勇者が悪魔と手を組むと？」

「あいにく、俺はもう勇者じゃない。今の俺は、魔王リリスの配下だ」

　リリスが俺の後ろから顔を出す。

怒りにかられていた男は、今になって彼女の存在に気づいたらしい。目を丸くして驚いている。

「この娘が……魔王？　しかもお前が配下だと？」

「そうだよ。今はまだちんちくりんだが、いずれこいつは大魔王になる」

「だ、誰がちんちくりんじゃ！」

「……さっきの話、本当か？」

男は訝しむように俺を見つめる。拳を握り、震わせる。

「ああ」

「……わかった。頼む……儂の城を取り返してくれ」

声を震わせながら、彼は頭を下げた。魔王が勇者に頭を下げるなんて、相当な屈辱なはずだ。

そうしてでも、彼は取り戻したがっている。この城を、自身の家を。

「任せろ」

元魔王と契約を交わし、俺たちは最上階へ進む。他の悪魔たちは襲ってこない。

さっきの男が部下たちに命令したのか。どうやらここの新しい魔王は、よほど部下に嫌われているみたいだ。

その理由は、出会ってすぐにわかった。

「なっ、侵入者が来てるじゃないか。くそっ、使えない奴らだ」

「……なるほどな」

その男は魔王と呼ぶにはあまりにも弱々しい。

魔剣さえなければ下級悪魔だ。盗んで手に入れた魔剣で粋がっていたのだろう。

そんな奴に地位を奪われ、上から命令されていたのなら……さぞ気分が悪かったはずだ。

少し同情する。

「お前が魔王リーベだな。ってことは、腰のものが終焉の魔剣か」

「なんだお前は？　勇者か！　なんで勇者が悪魔と……ああ、お前確かあの城にいた子供か！」

リーベがリリスに気づく。

一方的に面識があったらしく、彼はリリスを馬鹿にする。

「あの時はどうも。全然気づかないしザルな警備で盗みやすかったよ。今さら取り返しに来たのか？　勇者と手を組んで？　どれだけプライドがないんだよ」

「くっ……この木っ端悪魔が……」

「安心しろ。すぐに終わる」

俺は胸に手を当て、原初の聖剣を抜く。

リーベを見ているとなんだかイライラしてくる。

「はっ！　たかが勇者一人が俺に勝てると思うなよ！　この魔剣の力を見せてやる！」

リーベは玉座から立ち上がり、魔剣を抜く。

おぞましいオーラを纏う漆黒の刃。これほど禍々しい剣を見たことがない。

加えて、抜いた直後からリーベの魔力が膨れ上がった。終焉の魔剣には、使用者に無制限の魔力を与える効果がある。

そしてもう一つ。使用者の魂、強さのイメージを具現化した魔獣を召喚する。

「これが……」

リーベの強さの化身。魔剣が纏うオーラが膨張し離れ、四本足の巨大な獣の形になる。

モデルはケルベロスか。

「食い殺せ！」

魔獣が俺たちに襲い掛かる。圧縮された力の塊は、触れるだけで相当な破壊力をもつ。

なるほど、これに新米勇者は負けたのか。一応は納得した。

だが――

「なっ……」

「俺には足りないが」

魔獣の攻撃を聖剣で受け止める。強力な一撃だが、俺にはまったく届かない。

この程度の攻撃、今まで何度も受けている。

「お前の強さはこんなものか？　だったら魔王なんて肩書、不釣り合いだな！」

魔獣を弾き飛ばし、体勢を崩したところで両断する。

思った以上にあっけない。所詮はこの程度……と、思った直後に魔獣が復活する。

「ははっ！　残念だったな！　そいつは俺が生きてる限り死なないんだよ！」

「そういうことか」

使用者を倒さない限り無限に復活する魔獣。確かにやっかいだが、自分から攻略法を口にしたのは馬鹿すぎる。

「リリス！　こいつは俺が押さえておく。やれるよな？」

「……うむ！　もちろんじゃ！」

リリスが前に出る。

サラも察して、邪魔しないように下がった。

「おいおい、子供のくせに俺と戦う気か？　やめておけって、怪我する前に家に帰りな」

「……それはお父様の剣じゃ」

リリスは拳を握る。ずっと怒りを感じていたのだろう。

父親の剣を手に、調子に乗っている木っ端悪魔に。

「ぬしのような三下が持つべき剣ではないのじゃ！」

怒りと共に、ペンダントの効果を発動させる。大人になったリリスを見て、リーベは驚愕する。

「な、成長した？　そんなのありか！」

「返してもらうぞ！」

「く、くそっ！　こんな子供に！」

前進するリリス。ビビりながらリーベは魔剣を振るう。

放たれる黒い斬撃。濃縮された魔力の斬撃は、地面を切り裂いてリリスに迫る。

魔剣の一撃は強力だ。ただし、使用者の力量に大きく左右される。

「ぬるい！」

リリスは軽く素手で弾く。

「なっ！」

「お父様の魔剣はこんなものじゃない！」

怒りのままに前進する。さぁ、見せてやれ。その魔剣を持つ資格があるのは誰なのか。

木っ端悪魔に思い知らせろ。

「返せこの馬鹿者が！」

「ぐえぇ！」

思いっきり殴り飛ばした。

グーで頬を。もろにくらったリーベは吹き飛び、壁に激突する。衝撃で魔剣を手放し、リリスの前に落ちる。

「っと、はぁ……お父様」

リーベが気絶したことで魔獣は消えた。

俺とサラはリリスの元へ近寄る。

「よくやったな」

「……うん」

リリスは魔剣を抱きしめ、涙目で笑う。

「ありがとう、なのじゃ」

◇◇◇

数時間後。気を失っていたリーベが目覚める。

「くっ……いたた」

「目が覚めたようだな」

「あ、お前！　何してたんだよ役立たず！　お前らがノロマだから勇者が攻めてきたんだぞ！」

「それは災難だったな」

「まったくだ！　ったく、役立たずだから俺の魔剣……あ……」

今さら気づく。すでに魔剣が自分の手元にないことに。

魔剣がなければ戦えない。彼はただの、木っ端悪魔だから。

「あ、えっと……」

いつの間にか多くの悪魔たちが彼を取り囲む。

誰一人笑っていない。見下ろし、怒りに満ちている。

「……覚悟しろよ」

「い、いやあああああああああああああああああああ」

その悲鳴は、新たな時代の幕開けか。それとも過去への回帰か。

魔剣の魔王は倒され、新たな魔王が……否、古き魔王が復活したのだった。

幕間　後始末も忘れずに

「まさか……本当に取り戻してくれるとはな」

「約束したからな」

魔剣の魔王リーベが失脚し、彼に敗れた元魔王が玉座に返り咲いた。年老いた魔王が頭を下げてくる。

「感謝する」

「魔王が勇者に頭を下げる、か」

「儂とて初めてのことだ。だが、心から感謝している。よくぞ儂の城を、あの忌々しい小童から取り戻してくれた」

「別にあんたのためってわけじゃない。俺たちも、目的があったからな」

その目的は達成された。

視線を横に、その先には父の形見である魔剣を大事そうに抱えるリリスの姿があった。取り返してからずっとだ。

二度と手放さないと誓うように、ぎゅっと抱きしめたまま離さない。よほど取り戻せたことが嬉しかったのだろう。

「魔剣を持っているのがリーベでよかったよ。もしあんたが手にしていたら、こうも簡単に取り戻せなかったかもしれないからな」

「ふっ、世辞はいい。儂は一度、その小僧に敗れておる」

「へぇ、意外と謙虚なんだな」

「事実だ。今さら何を言っても言い訳になる」

老悪魔は目を細め、悔しそうな横顔を見せる。城を、立場を取り戻せたことへの喜びより、不甲斐(ふがい)ない自分への怒りが勝っている感じか。

「魔王にもいろいろあるんだな」

「ふっ、それは勇者側も同じようだがな」

「まぁな」

大変なのはお互い様だと、勇者と魔王が並んでため息をこぼす。ふと、老悪魔が魔剣を抱えるリリスに視線を向ける。

その視線からはどこか、慈愛が感じられた。

「……そうか。似ているとは思ったが、サタンの娘だったか」

「リリスを知っていたのか？」

「サタンが生きていた頃に少し……な。昔の話だ。あの子は覚えていないかもしれないが」

「聞いてみればいい。リリス！」

俺が彼女の名前を呼ぶと、ピクリと大きく反応して駆け寄ってくる。

「なんじゃ？」

「なぁリリス、この……えっと、そういえば名前を聞いてなかったな」

「儂の名はアガレスだ」

魔王アガレスの名に心当たりがあった。

俺が勇者として活動を始めた頃に一度だけ、その名を耳にしたことがある。まだ駆け出しだった俺には挑む機会がなかったが、当時はそれなりに有名な魔王だったはずだ。

悪魔にも老いの影響はある。人間よりも長く生き、緩やかに弱っていくから気づき難いだけで、彼らも肉体の老いには敵わない。

人間が健康を維持するためにいろいろ取り組むように、悪魔たちも魔法で老いを遅くしたり、肉体を強く保つ術を編み出している。

もし、俺が最強の称号を手に入れた頃にまだ、全盛期の実力を保っていて人類の脅威として名があがっていたら……俺たちは完全な敵として相対することになっていただろう。

こうして並び立っていること自体が、もはや奇跡みたいに感じる。

「アガレス……アガレス……なんじゃどこかで聞いたような……」

「お、やっぱり覚えてるんじゃないか？」

「ふむ……」

魔王アガレスは嬉しいような、戸惑うような、微妙な表情を浮かべる。リリスもパッと思い出せるほど記憶に残っているわけじゃないらしい。

うーんと頭を悩ませている。そんな彼女にアガレスはヒントを与える。

「ずいぶん昔、お前さんがもっと小さかった頃、サタンと会ったついでに何度か会っている」

「お父様と？　……あ、思い出したのじゃ！　何度かお父様と話している姿を見たことがある！　二回くらい一緒に遊んでくれたおじさんじゃな！」

「おじっ、まぁそうだ。思い出してくれたのならいい。むしろ、知っておったから同盟の話を持ち出したのだと思っておったが」

「完全に忘れていたのじゃ！　そういえばここ、お父様がいた頃に一度だけ来たことがあるぞ！」

「おい……」

リリスの奴、そんな大事なことを忘れていたのか。その事情を聴いていたらもっと穏便に……いや無理か。結局リーベとは戦って決着をつけるしかなかっただろう。

「でも、そうか。奇しくも同じ選択をしたんだな」

大魔王サタンと同じように、俺は魔王アガレスと同盟を結ぶ道を選んだ。咄嗟に思いついた交渉の案だったけど、案外最善の提案をしていたみたいだ。

「サタンとはどういう理由で同盟を結んだんだ？」

「その話をしてもいいが、ちと後にしてもらえるか？　先にやっておかなければならないことがある」

「他に？」

「うむ。お前たちがリーベを追い込んでくれたお陰で、この城と城下町の支配権は儂に戻ってきた。が、儂が治めているのはこの地だけではない。あの馬鹿はテキトーに放置しておったが、ここより離れた地にもいくつか街がある」

魔王アガレスは説明を続ける。

俺が予想していたよりも、彼が統治していた領土は広かったらしい。サタンの時代から魔王を名乗っていた古参だから当然か。

魔王城を含むこの街の他に、同規模の街が一つ、それより小さな街が二つ、小規模な村が二十を超える。

これまでは各エリアごとに担当悪魔を配置し、問題が起こらないように統治していた。が、リーベが魔王の座を手に入れてから、その体制をめちゃくちゃにしたらしい。

「なんでそんなことを？　せっかく奪ったならそのまま継続すれば楽だろうに」

「あれが馬鹿すぎるからだ。儂が築いた体制が気に入らなかったリーベは、後先も考えずに全員城へと帰還するように命じた。その後は自分の小間使いのように扱ったのだ」

「聞けば聞くほど小物みたいなことばっかりしてるな」

「ふんっ！　あんな奴が魔王であってたまるか！　お父様の魔剣がなければ何もできんただの腑抜けじゃ！」

隣で聞いていたリリスがプンプンと可愛らしく怒っている。正直今の彼女も大概情けないが、確かにリーベよりはマシか。

「そのせいで他の街や村は荒れ放題になっておる。かつて儂と儂の部下で抑えておった若い悪魔たちがリーベの味方をしよった。今は統治という名の横暴を振るっておるはずだ」

「なるほど。そいつらはリーベ側の悪魔だから、もう一度わからせてやる必要があるわけか」

「うむ」

「そういうことならワシらも手伝うのじゃ！」

と、リリスは小さな胸を大きく見せるように堂々たる姿で宣言する。そんなリリスの言葉に驚いたように、魔王アガレスは目を大きく開く。

「手を貸して、くれるのか？」

「もちろんじゃ！　だって同盟を結んだじゃろ？　困っている時は助け合うのが同盟じゃ！」

「……」

「……ぷっ」

思わず笑ってしまった。頑張って堪えているつもりだったけど、口から漏れて慌てて手で押さえても間に合わない。

リリスが俺のほうを見てムスッとする。

「何を笑っておるのじゃ」

「いや別に、お前らしいなと思っただけだ」

「なんじゃその言い方は！　馬鹿にしておるじゃろ！」

「馬鹿にしてないよ。むしろよく言った。それでこそ、俺が見込んだ魔王だ」

そう言いながら俺はリリスの頭を優しく撫でる。すると彼女は嬉しそうな表情をして、すぐに恥ずかしくなって顔を赤らめた。

「ほ、他が見てるところで頭を撫でるな！」

「見てなければいいのか？　そんなに俺に撫でられるの好きだったのか」

「ぬしに撫でられるとお父様を思い——な、なんでもないのじゃ！　いいからやめよ！」

「はいはい。また後でな」

サタンもこうして、彼女の頭をよく撫でてあげていたのだろう。最近よく大魔王と比較されるな。

「……同じことを言うのだな」

リリスと微笑ましいやり取りをしていると、横からぼそっと小さな声でアガレスが呟いた。

俺には微かに聞こえたけど、リリスは聞きのがしたらしい。

「なんじゃ？」

「……いいや、なんでもない」

「そうか！　で、ワシらは何をすればいいんじゃ？」

「うむ。街を荒らしている悪ガキどもを制圧してほしい。やり方は任せる。場所だが、儂の部下たちは城下町の混乱を抑止するので手一杯だ」

魔王アガレスは懐から地図を取り出し、街や村の場所について俺たちに伝えた。説明された通り数が多く、彼の部下たちは手が回っていない。今も破壊された魔王城の修復や、混乱している城下町の悪魔たちの対処に追われている。

「ならワシらだけで制圧すればいいんじゃな！　そのくらい簡単じゃ！　こっちにはスペシャリストがおるからのう！」

と、威張りながら言って俺のほうに視線を向ける。悪魔たちを懲らしめるスペシャリスト……なるほど、確かに間違っていない。初めて言われたけど。

「おい、結局俺任せか？」

「魔王命令じゃ！　ぬしなら街の一つや二つ、制圧するくらい簡単じゃろ？」

「そういう問題じゃない。協力するって言いだしたのはお前なんだから、お前も頑張るんだよ！」

「痛い痛い！　頭をぐりぐりするでない！　それは嫌いじゃ！」

リリスの小さな頭を挟むようにぐりぐりと拳を押し当てる。あれだけ格好よく協力する姿勢を見せておいて、肝心なところで俺に丸投げするつもりだったとは……。

「さっき褒めたのに台なしだな」

「ぶ、部下の癖にワシの命令が聞けんというのか！」

「生憎だったな。俺はもう無茶苦茶な命令は聞かないと心に誓っているんだ。勇者時代に痛い目を見てるからな」

「くぅ……」

リリスが悔しそうに唇をかみしめている。逆に疑問なんだが、今の命令を俺が文句も言わずに引き受けると思っていたのか？

魔剣を取り戻してテンションが上がっているせいで判断力が鈍っているのかもしれない。浮かれている暇はないとわからせる必要がありそうだな。

「そういうわけだ。俺とお前で手分けして制圧するぞ」

「え、ワシ一人で行くのか？　ぬしも一緒に……来てくれんのか？」

「あのなぁ……」

頼むから、そんな情けなく泣きそうな表情をしないでくれ。リリスは飼い主の外出を引き留めようとする小動物のような視線を向ける。

勇者だった頃から、助けを求める誰かの声に、視線に気づくと放っておけなくなる。勇者としての宿命、性とでもいうべきか。

たとえ相手が魔王でも、子供の姿で涙目でお願いされたら、俺は断れない。

「……はぁ、わかった。一緒に回るぞ」

「本当か！　一緒に来てくれるんじゃな！」

「ああ、ただし俺ばっかり働くつもりはないからな？　お前もちゃんと戦うんだぞ？」

「もちろんじゃ！　ぬしと一緒なら誰にも負ける気がせん！」

「こいつ……」

無邪気な笑顔を見せてくれる。心からの信頼が伝わってきて、悪くないと思えてしまうから、もうどうしようもない。

俺は静かに指示を待っているサラに視線を向ける。

「サラ、俺とリリスが街の制圧に出向いている間、アガレスに手を貸してやってくれるか？」

「かしこまりました。ご武運を」

「ああ。リリス、こっちへ来い」

「なんじ――うおっ！」

近づいてきたリリスの腰に手を回し、そのまま小脇に抱えるように持ち上げる。

「な、何をするんじゃ！」

「このまま移動する。それなりに距離が離れているからな。移動に時間をかけたくない。口は閉じてないと舌を嚙（か）むぞ」

「え、まさかこのまま――」

「じゃあ行ってくる」

俺はリリスを小脇に抱えながら地面を大きく蹴り、そのまま上空へと飛び上がる。

周辺の地図、地形は記憶してある。場所はさっき記憶した。俺が全力で移動すればすぐに到着する。

あっという間に移動して、俺たちは城下町から一番近くにある大きな街へとたどり着いた。

「はぁ……もっと優しく運べんのか！」

「無理だな。そんなことができるなら、最初からサラも連れてきてる」

「ぬし……まさか、この運び方になるから、ワシだけ連れて来たんじゃ……」

「よくわかったな」

サラをこんな乱暴な方法で移動させたくなかった。彼女の強靭（きょうじん）な肉体なら耐えられるだろうけど、女の子だからな。

「ひどい奴（やつ）じゃな」

「魔王だろ？　このくらいは耐えてくれ。それより、さっそく出てきてくれたぞ」

俺たちの前に、ぞろぞろとガラの悪そうな若い悪魔たちが集まってきている。

「おいてめぇら、この街は俺たちの縄張りだぜ！」

「勝手に入ってきてんじゃねーよ。どこの馬鹿だ？　おい、片方は人間じゃねーか」

「隣はガキだぜ！　ははっ！　面白い組み合わせだな！」

若い悪魔たちは異様にテンションが高い。俺たちが何者なのか一切疑わず、自分たちが優位であることを確信している。

確かに数の上では大きく上回っている。彼らはざっと二十人はいて、こちらは俺とリリスの二人だけだ。だけど……。

「杜撰な感知能力だな。まだ気づけないか？」

「あん？」

「お前たちはとっくに、攻撃されているぞ」

「何を言――ぐおあ！」

瞬間、悪魔たちの半数が突風に巻かれて吹き飛ばされていく。

「な、何をしやがった！」

「さぁ、なんだろうな？」

勇者である俺はその身に聖剣を宿している。宿した聖剣は召喚しなくても、力の一部だけなら行使することが可能だ。

俺はここへの移動中、オーディンの力を使って気流を操作していた。その力を今は、彼らの周囲に行使し、突風を発生させている。

「半分はやった。あとは半分はお前に任せるぞ。リリス」

「任されたのじゃ！」

そう言って彼女はいつものようにペンダントの力を発動――ではなく、さっき取り返したばかりの魔剣を取り出した。

どうやら使いたくてウズウズしていたらしい。

「あ、あの剣は魔王の……なんでこんなガキがもってやがるんだ！」

「取り返したんじゃ！　お前たちの魔王はもういない！　この街も返してもらうのじゃ！」

リリスは勢いよく魔剣を引き抜こうとした。

「う！　うーん！」

「……は？」

「ぬ、抜けん……」

魔剣はピクリともせず、彼女は引き抜くことができない。その光景に驚き、呆れる悪魔たちは冷や汗をかきながら笑みを浮かべる。

「ビ、ビビらせやがって！　やっちまえてめぇら！　まずはこのガキからだ！」

「むぅ！　うーん！」

悪魔たちが迫りくる。のんきにリリスは抜けない魔剣を必死に抜こうと頑張っていた。魔剣のことで頭がいっぱいで、目の前に迫る悪魔たちに気づいていないのか。

「――ったく」

仕方がなく、俺が間に入って悪魔たちを吹き飛ばす。暴風をその身に纏い、拳を振るうことで悪魔たちは次々に倒れていく。

「ア、アレン！」

「お前なぁ、ちゃんと前を見ろ」

「だ、だって抜けないんじゃ」

「らしいな。その辺は訓練しながら解明していけばいい。今は一旦諦めろ」

「うぅ……せっかく取り戻せたのに……」

悔しそうな表情を見せるリリスを横目に、俺は倒れている悪魔たちのほうへと歩み寄る。気持ちはわかるが、今やるべきことは別にある。

かなり手加減はしたから意識もある。起き上がろうとする悪魔たち、そして身を隠している街の悪魔たちに聞こえるように声を張る。

「お前たちよく聞け！　魔王リーベは失脚し、魔王アガレスが再びその座についた！　従う気がない者は去れ。去らない者は……斬る」

「く、くそっ！　お前ら逃げるぞ」

「こんなの聞いてねぇぞ！」

若い悪魔たちはそそくさと尻尾を巻いて逃げ出してしまった。期待はしていなかったが、従うつもりはないらしい。

もっとも、勝手をする奴が増えても困るだけだろう。

「さて、次に行くぞ」

「……」

「リリス?」

彼女はなぜか俺の顔をじっと見ていた。瞳をキラキラさせて。

「今の感じ！　魔王みたいで格好よかったのじゃ！」

「――！　お前が言うな」

結局この後、ほとんど俺一人で各地の悪たれたちを制圧した。

◇◇◇

各地の制圧を終えた俺とリリスは魔王城へと帰還した。ちょうど同じタイミングでサラと合流し、魔王アガレスに任務完了の報告を済ませる。

その頃にはすっかり時間はすぎて、夜になっていた。

俺たちは王城の食堂を借りて夕食を取ることになった。サラが作ってくれた料理がテーブルに並び、囲むように俺とリリス、サラが座る。

いつも通りの食卓。違うのは場所ともう一人、老いた悪魔が一緒にいること。

「すまないな。食事の用意までしてもらって」

「いえ、これが私の役目ですので」

　俺とリリスが外に出ている間、サラもアガレスの手伝いに尽力していた。戻ってきた時に大変な感謝をされた。

　俺としても、彼女が褒められるのは嬉しい。

　美味しそうに食事を頬張っていたリリスが何かに気づき、食具をテーブルに置いてアガレスに尋ねる。

「そうじゃ！　あの質問の答えを教えてほしいのじゃ！」

「ああ、そうだった。なぜ儂とサタンが同盟を結んでいたのかだったな。簡単な話だ。儂とサタンは古い友人だった」

「そうじゃったのか！」

　驚くリリスに合わせるように、アガレスは小さく頷いた。そのまま続ける。

「お前さんの父、サタンとは何度も戦った。儂が若く、お互いに魔王とは呼ばれていなかった頃からな。幾度となく戦う内に、腐れ縁のような関係になった。そしていつしか魔王となった頃に、争うのではなく同盟を組もうと、サタンから提案されたのだ」

「お父様から？」

「うむ。正直理解ができんかった。その頃から魔王として地位、規模に大きな差があった。儂を傘下に入れるならともかく、同盟になんのメリットがあるのか。尋ねたら、サタンはなんと言ったと思う?」

アガレスがリリスに問いかける。ふと、俺にも視線を向けた。リリスはうーんと考えている。すぐに答えは浮かばないらしい。俺も、大魔王の考えなんてわからない。

するとアガレスは小さく笑い、俺たちに向けて言う。

「困った時は助け合えればいい。そう言ったのだ。ちょうど、お前さんらが儂に提案してくれたようにな」

奇しくも、俺やリリスの提案は、かつて大魔王がしたものと重なっていた。俺にとっては非常に複雑な気分だが、リリスは嬉しかったのだろう。瞳を大きく開いて、キラキラと輝かせながら言う。

「そうじゃったか」

「サタンは変わった男だった。自分になんの利点がなくとも、儂が困った時は手を貸してくれる。困ったら助け合うのが同盟だから、と言ってな」

その言葉は、リリスがアガレスにかけた言葉と同じだった。アガレスは悪魔とは思えないほど優しい表情を見せる。

「リリス。お前さんは間違いなくサタンの娘だ。あいつによく似ている。儂が唯一憧れた偉大な王に」

アガレスは小さく口にした。憧れ、魔王が魔王に憧れる。自らも王と名乗りながら、彼は気づいていた。魔王サタンこそが、すべての魔王の頂点に立つ存在だということに。

「お前さんならきっと、サタンのような魔王になれる」

「当然じゃ！　ワシはなってみせる！　必ず、お父様のような大魔王に！」

「――儂は期待しておるよ」

そう言ってアガレスは笑う。

きっと彼の視界には、リリスとかつての友が重なって見えているに違いない。そして、この日初めてリリスが、他の魔王に認められた瞬間でもあった。

以下を雇用条件に追加する。

⑨同盟について――同盟は厳守。同盟相手が危機の際は、危機の排除に全力を尽くすこと。

◇◇◇

リリスとの戦いに敗れ、魔剣を奪われた元魔王のリーベ。魔剣のお陰で弱いのに魔王を名乗れていた彼は、その力を失ったことで失脚した。

彼の生活は、魔剣一本で支えられていたのだ。

地位も、名誉も、待遇も……信頼など最初からなく、部下たちも嫌々従っていただけにすぎない。それ故に――

「覚悟しろよ」

「嫌あああああああああああああああああああああ」

力を失った彼が、部下たちから報復を受けるのも必至だった。

ボコボコのギタギタにされた。命まで奪われなかったのは、元部下たちの良心が働いたから……というわけでもなかった。

「も、もう許してください。こ、殺さないで！」

「……」

情けなく蹲り（うずくま）ながら命乞い（いのちご）をする元魔王の姿に、皆が呆れ（あき）てしまっただけだ。

こんな男に従っていたのかと。力に圧倒されていたとはいえ、自分たちに情けなさすら感じる。と同時に、彼をあそこまで増長させていたのは、自分たちが従ってしまったことも影響していると気づいたのだ。

リーベは弱く、まだ若い悪魔だ。

人間と同じように、成長するべき時なのである。

「二度とここには戻ってくるな。次に顔を見せたら殺す」

「は、はい」

ボロボロになりながらも逃げだし、リーベは僅か数年間治めた魔王城を追い出された。

痛みに耐え泣きながら走り抜け、あっという間に領地の端までたどり着く。そのころには怪我もほとんど回復していた。

魔剣を持っていた時の影響で、未だに魔力はみなぎっている。しばらくの間は、自然治癒力が普通の悪魔の何倍も高い。

「くそっ……あいつら手の平返しやがって」

命を救われたというのに、リーベにはまったく反省の色が見られなかった。

それも仕方がない。彼の心はまだ魔王のままなのだから。

「絶対見返してや……ん？」

道中にリーベは荷車を見つける。数名の悪魔が屯し、休憩しているところだった。

彼ら悪魔の世界に行商人という概念はない。ただの荷物運びは下っ端の仕事である。

「ちょうどいいな」

リーベは考えた。力を失ったのはついさっきで、情報は出回っていない。今なら威張れる。

自分の領地の中なのだから、名を名乗れば恐れ慄くはずだ。生きるために必要なものを奪ってしまおう、と。

「おい貴様ら！」

「ん？」

「俺は魔王リーベだ！　わかったらその荷物を置いて去れ！　俺が有難く使って……お、おい、なんだ貴様ら！　近寄って」

「うるせーぞ」

「ひぃ！」

悪魔たちは一切躊躇することなく、威張ろうとしたリーベを殴り飛ばした。

「な、何をするんだ！　俺は魔王だぞ！」

「は？　リーベなんて魔王知らねーよ」

「なっ、し、知らないだと……」

リーベは知らなかった。自分が魔王として、そこまで有名ではなかったことに。

名のある魔王たちの耳には入っても、普通の生活する者たちには届かない。

なぜか？

真に実力を有し、魔王らしき功績を残さなければ、誰も気に留めない。現代において魔王は誰でも名乗ることができる。故に、魔王の数は増え続けていた。

新人や有名じゃない魔王など、知らない者にとってはわからない。

リーベが声をかけたのは、領地の外から来た者たちだった。

「魔王がこんな弱いわけねーだろ。ふざけてんのか」

「ち、違う！　俺は本当に魔王だ！」

「だったらボコボコにしてやらないとな。魔王を倒せば悪魔として名が上がるだろ？」

「ま、待て……近寄るなああああああああああああああ」

本気の殺意を感じたリーベ。情けなく、泣きながら逃走してしまった。

「なんだったんだよあれ」

「イキったガキだろ。ほっとけよ」

逃げ出したリーベは一目散に走る。

「くそ、くそっ！」

この後、彼はしばらく似たようなやり取りを繰り返した。

魔王だと名乗り、違うと論破され、襲おうとして返り討ちにあい、泣きながら逃げ出すという。力を失ってもしばらくは、威張り散らす体質は変わらなかったようだ。

こうして偽り（いつわ）の魔王は完全に失脚し、人知れず皆から忘れ去られていくこととなった。

第五章　最古の巨竜

リーベから魔剣を取り戻した俺たちは、領地の復興を手伝った後で城に戻って一夜を明かす。翌日、いつになく真剣なリリスと共に特訓を始めた。

父親の遺産である終焉（しゅうえん）の魔剣を取り戻すことができた。リリスの要望で、今日は魔剣を使う訓練をすることにしたのだが……。

「ふぅん！　ふぅーん！」

「……」

「……十回目、失敗ですね」

「だな」

鞘（さや）に収まった魔剣がまったく抜けないという事態が発生した。リリスがいろんな方法で抜こうとして失敗している。

壊れてしまったわけではないだろう。理由はわかりきっている。

「だ、ダメじゃ……ぴくりともせん」

「だったらペンダントを使ってみろ。抜けると思うぞ」

「そうか？　じゃあさっそく」

ペンダントの力を発動させる。大人バージョンになったリリスが再び魔剣を抜く。すると、あっけなく刃が露になった。

「おお！　本当じゃ！」

「単に力不足だな」

強大な力を持つ武器ほど使用者を選ぶ。誰でも使えるというわけではない。

幼い彼女のままでは、魔剣を使うには不足だったのだろう。

「魔剣の訓練も五分ずつだな」

「ま、仕方ないの。どうせ子供の姿では満足に振り回せんし」

「体格的にもうそうだな。うーん、けどなぁ……」

「なんじゃ？」

魔剣が抜けて嬉しそうにするリリス。水を差すようで悪いが、この結果からわかる揺るがない事実が一つある。

大人にならないと抜けなかった魔剣を、あの木っ端悪魔は使っていた。

つまり……。

「子供のお前って……あの木っ端リーベより弱かったんだなぁ」

「んなっ！」

ショックを受けたリリスが魔剣を落とした。

カランと甲高い音を響かせる。そのまま膝から崩れ落ちて、地面に両手をついた。

「そ、そんなに弱かったのか……ワシって」

「言わないほうがよかったか?」

「かもしれませんね。ですが現実を知ることも大切です」

サラの言う通りだ。自分がどれだけ弱いのかを自覚してこそ、強くなる意志が固まる。

弱いなら強くならなきゃだめだ。大魔王を目指すなら。

「特訓を始めるぞ。時間は有限だ」

「そ、そうじゃのう! 少しでも早く魔剣を使いこなせるようになるんじゃ!」

「その意気だ」

自分の弱さを再確認したことは、リリスのやる気に前向きな影響を与えてくれたようだ。いつまで続くかが疑問だが、やる気があるうちに詰め込むとしよう。

この日から少しだけ、普段の特訓より厳しくしてみた。

三日後——。

「……今日は休みたいのじゃ」

「予想通りすぎるだろ」

案の定、彼女のやる気は長続きしなかった。

三日もっただけでも長いほうか?

昨日まで文句も言わず、俺との特訓に取り組んできたリリスだが、今日の朝からぐでーっとしている。

俺の隣でサラが言う。

「飽き性なところも改善が必要ですね」

「子供の教育だな」

「ち、違うのじゃ。やる気がなくなったわけではない。むしろある！」

大きな声をあげてリリスが否定してきた。

そう言いながら身体は怠そうだ。説得力がまるでない。

「だったら行動で見せてくれ」

「そ、そうしたいんじゃが……身体が重いんじゃ。いつもより何倍も疲れた気がする……」

「何倍って、ちょっと厳しくしただけ……いや、もしかして……」

俺は彼女が壁に立てかけている魔剣に注目した。

圧倒的な力を秘めた魔剣。大魔王の遺産。無際限の魔力が与えられ、魔力消費は気にしない。

その分、体力や気力の消耗が激しいのか。

「そういうリスクがあったのか」

むしろ終焉の魔剣なんて代物のリスクが、その程度だったことのほうが驚きだ。

俺が持つ原初の聖剣の対極……本当にリスクはそれだけか？

「そういうわけじゃから特訓は休む」

「ダメだ」

「なぁんでじゃ！」

「身体が疲れてるなら頭を使う特訓をするぞ。戦いは力だけじゃ勝てない。戦略や知識によって左右されることもある」

「むぅ……勉強はもっと嫌じゃ」

我儘ばっかりだなこいつ。今のリリスを大魔王が見たらどう思うだろうか。なんとなくリリスの味方をされそうでイラっとくる。

「いいからやるぞ」

「嫌じゃ嫌じゃ嫌じゃ！　勉強するくらいなら戦う！」

「だったら俺と夕方までみっちり訓練しようか？　俺はそれでも構わないぞ」

「うぅ……地獄じゃ、ってうおい！」

どちらにしろ地獄、という声が表情から漏れている。いつまでも駄々をこねるリリスの腕を掴み、脇に抱えて持ち運ぶ。

暴れても無視だ。

「変態！　ヘンなとこ触るな！」

「だったら首根っこをつまんで運んでやろうか？」

「うぅ……なんじゃ。いつにもまして厳しいではないか。何に焦っておるのじゃ？」

「……」

リリスに指摘され、ピクリと眉を動かす。焦りを感じているのは事実だった。

「よくない予感がするんだよ」

「予感？　なんじゃ？　あの木っ端悪魔が魔剣を取り返しに来るとかか？　それとも同盟した奴らが裏切ることとか？」

「いやそれは考えてない。そんな小さなことじゃない。もっと……いや、本当にただの予感だ。根拠はないいんだがな……」

俺の予感は魔界ではなく、王国に向いている。あれから特に静かだ。シクスズを退け、サラも仲間になった。

魔王アガレスとの同盟も、いずれは魔界の外まで伝わるだろう。

王国にとってよくない結果が続いている。

確実に次の一手を打ってくるだろう。さすがに勇者を全員集めて攻めてくるとか、そこまで無茶はないだろうけど。

現実的に、俺を倒せる勇者を選ぶなら……。

「そーっと」

「おい、何逃げようとしてるんだ？」

「ひっ！　と、特訓は嫌じゃああああああああああああああああ」

「待てへなちょこ魔王！」

こっそり逃げようとしたリリスを追いかける。漠然とした不安はあるけれど、それ以前に彼女を何とかしないといけない。

五分間しか全力で戦えない魔王なんて対策は簡単だ。いずれ必ず、彼女の弱点をつく敵が現れる。それまでに少しでも強く、戦闘可能時間を伸ばさないと。

「嫌じゃ嫌じゃ嫌じゃ！」

「こいつ……」

駄々っ子モードに入ると完全に聞き分けのない子供になってしまうな。時折見せる魔王らしい姿がかすんでしまうぞ。

俺が呆(あき)れながらリリスの腕を引っ張っていると、隣からサラが顔を出し、いつもの無表情でリリスに言う。

「あまりアレン様を困らせるのでしたら、手足を縛ってお風呂に入れますよ？」

「ひぃ！　あ、悪魔じゃ」

「悪魔のお前がビビッてどうするんだよ……」

「どうしますか？　私は今すぐお風呂の準備をしてもいいのですよ？」

サラが笑顔になって脅(おど)す。こういう時のサラは本当にするし、相手が子供でも魔王でも容赦はしない。短い付き合いでも、リリスはすでに知っていた。

「が、頑張るのじゃ……」

「はい。頑張ってください」

「はぁ……」

父親の言うことは聞かないけど、母親の言うことは聞く子供がいるらしい。これじゃまるで、俺とサラで子育てをしているみたいだ。いや、案外的を射ているか。

「大変なのはわかってる。けど、サタンのような大魔王になりたいんだろ？」

「——そうじゃ。なるんじゃ！　お父様みたいに」

「だったら頑張れ。お前がそうなれるように、俺たちも一緒に頑張るから」

「う、うむ！　頑張るのじゃ」

リリスがぐぐっと拳を握る。彼女だって馬鹿じゃないし、ただ子供ってだけでもない。彼女には背負うものがある。期待してくれる人たちもいる。そのことを、彼女は知っている。

「よし、始めるぞ」

「うむ！」

俺たちは特訓を続ける。ペンダントの効果が発動できる五分間に、魔剣の使い方を覚える。強力な武器だが、能力そのものは単純だ。無尽蔵の魔力が彼女の火力を底上げしてくれる。あとは剣術だが、それなら俺がみっちり指導できる。曲がりなりにも聖剣を使う勇者が、剣術が不慣れでは格好がつかない。

一日、また一日と特訓していくうちに少しずつ、彼女は魔剣の使い方を覚えていった。

◇◇◇

いつものように特訓の時間がやってくる。最初こそぐずっていたリリスだが、最近はそれなりにやる気を見せてくれる。

彼女自身、実感しているからだろう。

少しずつではあるが、魔剣が彼女の手に馴染(なじ)んできている。剣術もまだ粗削りではあるが、なかなか様になってきた。

強さを実感することでやる気が向上するのは、人間でも悪魔でも同じことらしい。順調だし、いい傾向だ。できればどこかで、実戦を積ませてやりたいんだが……。

「俺やサラじゃ、訓練の延長になるしな」

訓練は大事だけど、実戦で得られる経験はもっと大事だ。ここでいう実戦というのは、訓練の中でやるものじゃなくて、本物の敵と命のやり取りをすること。

「うむ！」

「今日も始めるぞ」

彼女には圧倒的に戦闘経験が不足している。それに、せっかく馴染んできた力を、実際に試す機会は必要だ。

「どこかにいないかな。都合のいい相手」

「さっきから何をブツブツ言っておるのじゃ？」

「アレン様、独り言が漏れていますよ」

「ん？　ああ、悪いな。ちょっと考え事をしていた」

考えていることが口から漏れてしまうのはよくあることだった。特に悩んでいる時に、周りのことを忘れて考えてしまう。と、以前にサラが教えてくれた。

「何を考えていらっしゃったのですか？」

「実戦訓練の相手がほしいなと思っていたんだよ。適度にリリスが本気で戦える敵がいてくれると助かるんだが」

「では、アガレス様に相談なされるのはいかがでしょう？」

「アガレスか。悪くないけど、あいつはリリスに甘そうだからな」

それに、アガレスは老いている。戦闘技術はあっても、単純な力比べになったら魔剣なしの大人リリスといい勝負ができるかどうか、だ。

一番いい相手は、今の彼女が魔剣を使ってもギリギリ勝てるかわからない相手……。

そんな都合のいい相手が簡単に見つかるとは思えないのが、困っていることだ。

「――!」

「アレン様?」

「誰か来たみたいじゃな」

どうやらリリスも気づいたらしい。魔王城の結界を通りすぎた。敵意に反応する結界をすり抜けたということは、少なくとも敵じゃない。

僅(わず)かに感じる魔力の圧も中途半端だし、魔王が来たわけでもなさそうだ。と、落ち着いて待っていると、一人の悪魔が駆け込んでくる。

「リリス様! アレン様! サラ様もいらっしゃいますか」

「ん? 誰じゃ?」

「アガレス様の部下の方です」

「ああ、だから見たことがあるのか」

サラはアガレスと一緒に城下町の復興を手伝っていたから、俺たちよりも部下の悪魔と面識がある。俺とリリスはすぐに誰かはわからずキョトンとしていた。

正体がわかったところで、俺が代表して尋ねる。

「アガレスの部下が何の用だ?」

「はい。実はご報告したいことがございまして」

「報告? 何かあったのか?」

「どこかの魔王が襲ってきたのか!?」

「いえ、そうではないのですが……ある意味、魔王に匹敵する存在が近づいております」

アガレスの部下は険しい表情で額から汗を流す。随分と怖がっているように見えた。魔王に匹敵する存在に、俺はまだピンと来ていない。

おそらくリリスも、俺の隣で首を傾げている。そんな俺たちに、アガレスの部下はゆっくりと口を開く。

「ドラゴンロードが現れました」

「ドラゴン――」

「ロードじゃと!?　それは本当なのか？」

俺よりもリリスが驚きリアクションをとった。リリスの質問にアガレスの部下はハッキリと答える。

「はい、間違いありません。アガレス様の領土の上空を、ドラゴンロードが飛行している姿を確認しました」

「被害は？」

「今のところは……ですがかなり攻撃的になっているようで、突風をまき散らしながら通り去っていくので、街の方々はすっかり怯えてしまっております」

「その様子だと、今回が初めてみたいだな」

俺がそう言うと、アガレスの部下は小さく頷いた。

ドラゴンロードの出現なんて、俺が勇者として活動していた頃にも一度もなかった。それが今さら、どうしてこんな辺境の地で姿を見せたんだ。

それに……。

「……まさか、あ奴なのか？」

ぼそぼそと独り言を口にしながら考えているリリスも気になる。

「俺たちに報告したってことは、対処してほしいということで間違いないな？」

「はい。詳しいお話は、アガレス様からお聞きいただければ」

「わかった。これからそっちへ向かおう。二人とも、構わないか？」

「はい。アレン様がそうおっしゃるなら」

「――うむ。行くのじゃ！」

今のところ目立った被害はないとはいえ、そんなものが空を飛び回っているのは危険だろう。

数ある疑問を解消するためにも、俺たちはアガレスに事情を聞きにいくことにした。

◇◇◇

魔獣たちの中で頂点に位置する種族が、ドラゴンだ。ドラゴンには複数の種類が存在し、その色や姿によって分けられる。

最上位である黒と白のドラゴンは、たった一匹で人間の街を壊滅させる力を有している。ランクの低い魔王と同等か、それ以上の実力だ。

そして、ロードとは、ドラゴンという種族の頂点に位置する存在。ドラゴンの王のことを指す。近年では伝説上の存在となっていた。

「ドラゴンロードは、お父様の相棒だったのじゃ」

「大魔王の？」

「そうじゃ。お父様が戦い、仲間にしたんじゃ。最後の戦いにも参戦しておる。てっきりお父様と一緒に倒されてしまったのじゃと……」

「そういうことか」

アガレスの城に向かう道中、リリスが俺たちに話してくれた。

リリスがロードと聞いた時に見せた反応は、大魔王サタンと繋がりがある魔獣だったかららしい。これで疑問の一つは解消された。

俺はリリスに尋ねる。

「そのロードが、話にあった魔獣と同一かもしれないってことだな」

「……かもしれん。じゃが、妙じゃ。ワシもロードのことは知っておる。お父様と一緒に何度か背に乗せてもらったこともあるからのう」

「ドラゴンの背に？　凄い体験じゃないか」

「うむ！　あれは楽しかったのじゃ！　見た目こそ恐ろしいが、お父様の相棒になってからは温厚で、周りを怖がらせたりするような奴（やつ）ではなかった」

　リリスはそう語りながら不安げな表情を見せる。そんな彼女の頭を、俺は少し乱暴に撫（な）でる。

「それは実際に見ればハッキリすることだ」

「アレン……」

　三人での飛行は安定しないため、今回は陸路で行く。俺たちは早くアガレスから話を聞くために、少しずつ進むペースを上げていった。そうして魔王城にたどり着き、アガレスと再会する。

　会議室のような場所に集まり、対面の椅子に腰かける。

「まさか、これほど早く再会することになろうとはな」

「お互いにビックリだな」

「うむ」

「それよりじゃ！　ロードがいたというのは本当なのか？」

　待ちきれないリリスが身体（からだ）を乗り出してアガレスに問いかける。その姿に一瞬驚いたアガレスは、ごほんと咳（せき）ばらいを一回してから答える。

「間違いない。儂（わし）も一度だが、この眼で確認した」

「ロードはあ奴じゃったのか？」

「……見た目は一緒だった。が、同じかどうかは儂にはわからん。確かめたければ実際に見るしかない。儂より、お前さんのほうがよく知っておるだろう」

「そうか……そうじゃな！　どこに行けば会えるのじゃ？」

リリスの問いに応えるように、アガレスはテーブルに予め開かれていた周辺の地図へ視線を向け、城下町の次に大きな街を指さす。

「ここだ」

「この間、一番目に制圧に向かった街だな」

「よし！　すぐ行くのじゃ！」

「待て」

そそくさと立ち上がろうとしたリリスをアガレスが制止する。彼女にではなく、俺に視線を向けて言う。

「もしも戦闘になりそうなら、できるだけ街を避けてほしい。できるか？」

「努力しよう」

「頼む。何度もすまない」

「気にしなくていい。困ったときはお互い様だろ？」

そう言いながら俺は、リリスにわざとらしく視線を向ける。すると、リリスはニヤリと笑みを浮かべて頷く。

「そうじゃな！　それに、これはワシの問題かもしれんのじゃ」

「……くれぐれも気を付けてくれ」

アガレスから情報を貰った俺たちは、三人で目的の街を目指した。あの時のようにリリスを小脇にかかえて移動はできない。リリスはいいが、サラを乱暴に持ち運びなんてしたくない。

そのことを突っ込まれるかと思っていたが、リリスはそれどころじゃない様子だ。少しでも早く真実を確認したいと、顔に書いてある。

「一応確認したいんだが、もしロードがお前が知るドラゴンだったら、どうするつもりだ？」

「無論！　仲間にするに決まっているのじゃ！」

「そうか。ならもし、相手が好戦的だったら？」

「その時は戦ってでも仲間にするのじゃ！　お父様がそうしたように」

「――そうか」

魔王らしい答えが聞けて、どこかホッとする自分がいた。

俺たちは急いで街へと向かった。到着してすぐに変化に気づく。以前に訪れた時は、廃墟しかないのかと思えるほど静かで殺風景だった。

そんな街が、今はとても賑わっている。住民たちが自由に外を歩き、日常を過ごしていた。

ロードの出現に怯えている様子もない。

「思っていた感じと違うな」

「そうですね。皆さま酷く落ち着いておられます」

「どうなっておるのじゃ？」

三人でぼーっと立ち尽くして困惑していると、通りすがりの女性悪魔が俺たちの姿に気づき、ハッと目を見開く。

「あなた方はこの間の！」

女性悪魔は慌てて俺たちの前へと駆け寄ってきた。何事かと思ったら、彼女は深々と俺たちに向かって頭を下げる。

「私たちの街を救ってくださってありがとうございました！」

「え、ああ」

「おお！　あの時の勇者様とその娘さんではないか！」

「誰が誰の娘じゃ！　ワシは魔王リリスじゃ！」

街の年老いた悪魔には、俺とリリスが親子に見えてしまっていたらしい。俺が勇者だと知りながら、どう見ても悪魔のリリスを子供だと思うなんて……面白い勘違いだな。

リリスはプンプンと怒って自己紹介をしていた。

「おお、魔王様であったか。アガレス様が同盟を結ばれたというのは本当だったのですな」

「先日はありがとうございます。おかげで街を荒らしていた連中はすっかりいなくなって、見ての通り平和になりました。まさか人間の勇者様が助けてくださるとは」

「勇者ってもっと怖いものだと思っていました」

予想外の大歓迎を受けてしまった俺たちは面食らう。リリスはともかく、人間で勇者だった俺たちまで歓迎してくれるのか。

改めて、不思議な気分だ。

「勇者は困っている誰かを助けるのが仕事ですから」

「そ、それよりドラゴン！　ロードが出たと聞いて来たんじゃが！」

「え？　ああ、確かに数日前からよく上空を飛び回っていますよ」

「昨日の夕方も通って行ったわね」

住民たちは世間話でもするようなテンションでぽろぽろと語り始めた。一見して普通に見える光景も、俺たちにとっては異常だ。

「お、落ち着いておるのう」

「アガレスから聞いてた話と随分違うな。怖くはないのか？」

「そりゃー最初は怖かったですよ。ロードの姿なんて私らも初めて見ましたからね。あんなの大魔王の時代にしかいない存在でしたから。けど、通りすぎるだけで特に攻撃してくる様子もありませんし、最近は慣れてしまいました」

「慣れるものなのか……」

毎日のように上空を巨大なドラゴンが通りすぎていくとして、それに慣れるまでどれくらいかかるだろう。

人間の俺には理解できないスケールの問題に、少し呆れてしまった。と同時に、ホッとする。

街は聞いていた通り破壊されているわけでもなく、住民に被害もない。

「本当に通りすぎていくだけなんだな」

「ええ、よくわかりませんね」

ロードの目的がわからない。どこかを目指しているわけでもなさそうだし、何か探し物でもしているのだろうか。

「どの道、実際に見るしかなさそうだな」

「じゃの」

俺とリリスでそのことを再確認していると、僅かに風向きが変化する。周囲の空気がひりつき、強大な魔力の流れを感じる。

「この感じ――」

「来たのじゃ！」

リリスが大空に指をさして叫んだ。

まるでタイミングを見計らったように、ドラゴンロードは俺たちの前に姿を現す。一言で表現するなら、巨大。

街一つを覆い隠すような巨体が、大空を遮って飛んでいる。まさに圧巻、ドラゴンの王の名に恥じない風格を見せている。

全身の鱗は錆びた金属のような鈍い茶色をしていて、瞳は赤く光り、強靭な牙が顎から見えている。

「これがロードか」

俺も初めて見る。なるほど、確かランクの低い魔王とは比較にならない魔力を感じる。もしこいつが悪さをしていたら、俺を含む勇者ランキング上位に声がかかっていたに違いない。

俺はリリスに視線を向ける。

「間違いない。あ奴じゃ！」

彼女は瞳をキラキラと輝かせていた。どうやらロードは、彼女が知っているドラゴンロードで当たっていたようだ。

リリスは大きく手を振り、ロードに呼びかける。

「おーい！　ワシじゃリリスじゃ！」

「さすがに聞こえないいんじゃ」

「いえ、アレン様」

ロードはリリスの呼びかけに反応するように、こっちに赤い瞳を向けていた。目と目が合っている、気がする。

まさかあの巨体で、こんな小さな子供の声が聞こえたのか？

疑問の答えを示すように、ロードは大きく旋回し、こちらへと身体を向ける。どうやら本当に聞こえていたようで、こっちに向かってている。

が、少し様子がおかしい。

「おい、このスピードは……」

リリスに気づいて喜び、俺たちのほうへ近づいてきているようには見えない。ドラゴンの言葉なんて聞こえないし、気持ちも理解できないけど、なぜだか怒っているように見えた。

気のせいじゃない。明らかにドラゴンはこっちに敵意を向けていた。

「ど、どういうことじゃ！　止まるのじゃ！　ワシじゃぞ！」

リリスが必死に呼びかけるが、ロードは一切減速する様子はなく、一直線にこちらへ突進してきている。風を纏い、恐ろしい勢いは確実に街を破壊するだろう。

安心していた住民たちも、ドラゴンの接近に顔が青ざめ始める。

「こ、こっちに来るぞ！」

「逃げろおおお！」

「ロード！」

「――仕方ないな」

一向に止まる様子のないロードを見かねた俺は、頑張って言葉で制止しようと試みるリリスの前へと飛び出す。

「アレン！」

「俺が止める！」

「じゃが！」

「安心しろ！　手加減はしてやる」

不安に満ちた表情を見せるリリスを諌める。こいつがリリスにとって関わりが深いドラゴンなのはわかっている。

倒すつもりはない。ごちゃごちゃしている事情の検証にも、ここじゃ被害が出てしまう。

「場所を変えるぞ。少し痛いが我慢してくれ」

俺は右手に暴風の聖剣オーディンを召喚する。オーディンによって俺の身体は激しい突風を纏い、切っ先を迫るロードに向ける。

「吹っ飛べ！」

ロードの顔面に向けて竜巻を撃ち放った。荒々しく豪快な風を正確にコントロールし、街へ被害が及ばないように調整してある。

竜巻に飲まれたロードはそのまま巨体をふわりと浮かせ、街の北側にある山の麓へと吹き飛ばされる。

「おお……た、助かった……」

「リリス！　サラ！　二人とも俺に摑まれ！」

「はい」

「わかったのじゃ！」

二人が俺の両腕に摑まったことを確認して、オーディンの力を発動させる。突風を纏った俺たちは浮かびあがり、ロードの元へと飛んで移動する。

「降りたらすぐに武器をとれ。戦闘になる前提で動くんだ。間違っても、無茶に説得しようとするなよ？」

「わかっておる。話が通じぬなら、力でわからせるしかないのじゃ」

「それがわかってるならいい」

「うむ、わかっておる。じゃがどうして……」

「……」

ロードは俺たち、というよりリリスを見つけて突進してきたように見えた。一度は背にも乗せた相手を敵だと見間違えるのか？

ドラゴンは魔獣の中でも特に知能が高い。ロードともなれば、人間や悪魔に匹敵する知性を持っているはずだ。

彼女の見間違いで別の個体なのか。それとも……戦う必要がある何か理由が？

疑問が膨らむ中で俺たちはロードの元へたどり着く。手加減した攻撃で、すでに起き上がり、翼を広げて俺たちを睨んでいる。

「ロード！　ワシじゃ！」

リリスは再度呼びかける。が、その声は届かず、ロードは尻尾を振り回してリリスを攻撃しようとした。

「チッ、下がれ！」

「失礼します。リリス様」

俺がオーディンを構えて前に出ると同時に、サラがリリスを抱きかかえて離脱する。いい判断だ。ペンダントを発動していない今のリリスじゃ、ロードの攻撃に耐えられない。

俺はオーディンで尻尾を受け止め、そのまま弾き返す。

「おおお！」

かなり重たい一撃だった。受け止めた衝撃で地面がバキバキに割れてしまっている。続けてロードは顎を大きく開け、魔力を凝縮させる。

「ドラゴンブレスか！」

ドラゴン族が有する最大にして最強の大技。宿した魔力を光のエネルギーに変換し、破壊の一撃として放射する。

ロードの一撃ともなれば、その破壊力は計り知れない。背後にはリリスとサラがいて、その奥には街がある。

受けるしかない！

覚悟を決めた俺に向けて、ロードは破壊の一撃を放つ。圧倒的な魔力と光に包まれる。俺はオーディンを構えて受け止めた。

「ぐ、ぐおおおおおおおおおおお！」

オーディンの風を最大出力まで高め、嵐そのものとなった聖剣の一振りを放つ。ブレスを切り裂き、相殺する。

「──ふぅ」

「アレン！」

「心配ない。この程度でやられることはない」

俺のことを心配していたリリスがホッと胸を撫でおろす。そのすぐ後に、自分を睨むロードの視線に気づいたらしい。

「……どうしてじゃ」

「戦う気がないならそのまま下がってろ！　悪いが、ここまでハッキリ敵対されたら、俺も手加減は難しい」

リリスには悪いが、暴れ続けるなら最悪倒さないといけなくなる。本当ならリリスの修行相手にしたかったが、今の彼女のメンタルじゃ難しいだろうし。

悩みながらもオーディンの切っ先を向け、俺はロードと対峙する。

直後、ロードが高らかに吠えた。

魔獣の雄叫びの中で最高位の衝撃と迫力は、周囲の空気を振動させる。

「――――！」

「変わらず敵意はむき出しか。だったら今度は、痛いだけじゃ済まないぞ」

俺は暴風を纏い、次なる一撃を構える。ロードも俺の敵意に反応するようにブレスを放とうと顎を開いた。

一触即発、激闘の幕開けを予感させる。

「待つのじゃ！」

そんな俺たちの間に、リリスが割り込んできた。彼女はすでにペンダントの効果で大人の姿になっており、右手には魔剣を抜いている。

「リリス？」

「すまぬアレン、ここは……ワシに任せてはくれんか？」

そう口にした彼女の表情からは、決意にも似た感情を感じ取る。適当な覚悟でここに立っているわけではなさそうだ。

「戦う気か？」

「うむ」

「一応聞くが、あいつは強いぞ」

「わかっておる。じゃが……これはワシがやらねばならんことじゃ」

リリスは譲らない。なぜかロードのほうも、攻撃態勢を解いている。俺はロードを見上げて、その瞳を見つめながら呟く。

「お前も、それを望んでいるのか？」

ロードは応えない。ただじっと、待っている。

「そうか。お前たちには、俺に見えない何かが見えているんだな」

悪魔と魔獣にしかわからない何かがあるのだろう。リリスはロードのことで何かに気づき、戦う決意をしたらしい。ならば、止める必要もない。

俺はオーディンを収め、彼女に戦場を譲るために後ろへと下がる。

「じゃあ任せる」

「感謝するのじゃ！」

「ああ、ただし、絶対に負けるなよ」

「当然じゃ！　ワシは負けない！　見せてやるのじゃ」

リリスはロードと睨み合う。どうにも、ただ戦いたいというわけじゃないみたいだ。だったら見せてもらおう。お前たちに見えているものが何なのか。

偶には部下の俺に、上司の格好いい姿を見せてくれ。

「行くぞ！　ロード！」

掛け声に合わせるように、ロードが雄叫(おたけ)びを上げる。

大きく翼を羽ばたかせ、突風を繰り出す。予測していたリリスは大きく上へと蹴りあがり、突風を回避して魔剣を構える。

「降れ！　光の雨！」

無数の魔法陣を空中に展開し、そこから光の玉を雨のように放つ。魔剣の効果によって、今の彼女は魔力に制限がない。威力も、数も、時間も無制限だ。

ロードといえど、その攻撃をまともに受ければダメージを負う。それを一瞬で悟ったのか、ロードは飛翔し回避した。

しかしそれも予測済み。リリスはロードが回避した場所に先回りして、魔剣を大きく振り上げる。

「痛いぞ！　我慢するのじゃ！」

そのままロードの頭に向かって振り下ろす。タイミングが完璧で、ロードも躱(かわ)せなかった。

セリフが俺と被っているのは意識してか？

だとしたら俺が少し恥ずかしい。それは別として、攻撃を受けたロードは地面にたたきつけられる。かなり強烈なのが入ったが、まだやられたわけじゃない。

「さすがにタフだな。ん？」

起き上がるロードの腹部に大きな傷跡が見えた。かなり大きく古い傷だが、不格好に塞(ふさ)がっている。それを見たことで俺は理解する。

「そういうことか。だから思ったよりも……」

弱かった。

ドラゴンロードは魔王にも匹敵する強大な力を有している。予想通り、宿している魔力の総量は計り知れない。迫力も十分に魔王と匹敵する。が、想像の域は出なかった。

ドラゴンブレスも、巨体による攻撃も、どれも普通だと思ってしまった。弱くはないが、ロードとしては弱いように感じる。

その理由がこの傷にある。傷口は塞がっているけど、そこから魔力が漏れ出ている。魔獣の傷は軽度なら自己治癒（ちゆ）し、深い場合は時間をかけて回復する。

魔獣にも年齢があって、老いるほどに身体機能は下がり、傷の治りが遅くなる。憶測だが、このロードはかなり高齢で、身体能力も衰えているのだ。

そして、この予想が正しければ、こいつはもう……。

「リリス！」

「わかっておる！」

リリスが叫ぶ。俺の言葉を聞く前に、理解していると答えた。

「わかっておるから、ワシが戦うんじゃ！」

「――そうか」

ならもう、余計な声をかける必要はないな。

ここから先は文字通り、リリスとロードだけの時間だ。

「行くぞ！　最後まで！」

リリスが駆け出す。ロードも果敢に攻める。徐々に弱まり、時間が経過するにつれてロードの動きは鈍くなる。

対するリリスも魔剣の力によって肉体を酷使し、徐々に動きが鈍くなっている。制限時間も残り僅かだ。

「次の一撃が最後じゃ！　じゃからお前も……」

リリスはロードに語り掛ける。懐かしき記憶でも思い返しているのだろう。その表情は切なく、瞳は涙で潤んでいた。

彼女の心に応えるように、ロードも最後の力を振り絞って大きく顎を開く。凛々しく、最古の巨竜が終焉を彩るように。

まばゆい光の一撃、最後のドラゴンブレスを放つ。

リリスは特大の魔法陣を展開し、同様に魔力を凝縮した砲撃で迎え撃つ。力と力、魔力と魔力のぶつかり合い。

その光景はまさしく、魔王同士の戦いに見間違えるほどだった。実際は幼き魔王と、年老いたドラゴン。軍配は当然のごとく、育ち盛りにあがる。

リリスの攻撃がドラゴンブレスを押し返し、ロードの頭上から降り注ぐ。攻撃にすべてを注いだロードは防御する術がない。

甘んじて受け入れるように、ロードは瞳を閉じた。

「はぁ……はぁ……っ――」

制限時間が来る。空中にいたリリスの姿が子供へと戻り、そのまま地面へと落下する。すべてを出し切ったリリスを、俺が優しく受け止めた。

「アレン……」

「よく頑張ったな。格好良かったぞ、リリス」

「……アレンに褒められたの、初めてじゃ」

「そんなことないだろ？　でもまぁ、本当によかった」

特訓の成果が発揮され、彼女の成長を垣間見た。俺にとっても価値ある一戦になった。相手をしてくれたロードにもお礼を言うべきか。

遅れて魔剣が落下し、地面に突き刺さる。その背後で、ロードがぐったりしながら倒れていた。

「近づいて、くれぬか?」

「ああ」

俺はロードの元へと歩み寄る。サラは空気を読むように、数歩後ろをついてくる。

「なぁリリス、ロードは寿命だったんだな」

「そうじゃ」

俺たちはロードの眼前に近づく。俺の予想は、どうやら当たっていたらしい。傷を負い、弱ったロードは老いて寿命を迎えていた。

腹の傷はおそらく、大魔王サタンと共に戦った時に付けられたものだろう。想像よりも弱く感じられたのは、すでに弱っていたからに他ならない。

リリスもロードの死期を悟って、最後の相手に名乗りをあげた。ただ、未だにわからないこともある。

「ロードはどうして、自分の死期を縮めるようなことをしたんだ？」

「見定めるためじゃよ」

「見定める？」

リリスはこくりと頷き、俺の腕をゆっくりと外して、自らの足で立ちロードの顔に触れる。

「のう。ワシは合格できたか？」

リリスは問いかける。その問いに応えるように、ロードはゆっくり目を瞑る。その直後、まばゆい光を放ち、魔力が拡散する。

「これは？」

「お父様が言っておったのじゃ。ロードは自分の死が近づくと子を産む。その子を託す相手を

探すために、最後の力で戦うんじゃと」

ロードの身体が輝きと共に小さくなり、最終的にリリスの懐に収まる程度の大きさの結晶のような卵へと変化した。

「ロードが卵になってしまいましたね」

「転生に近いな」

老いたロードは自らを卵に変化させて、再び生まれ変わる。そうやって長い時間を生きているようだ。そして、卵の間に守ってくれる相手を探す。

「だから飛び回っていたのか」

「うむ」

俺たちを、リリスを見つけて向かってきたのは、彼女なら卵となった自分を守る相手に相応しいと期待したから。きっと誰でもいいわけじゃない。

強くて、信頼できる者に、自らの未来を預けたかったんだ。

「よかったのじゃ。ワシは合格できたらしい」

そう言いながら大事そうに、リリスは卵になったロードを抱きしめる。ロードはリリスを認め、自らを託した。

立ちふさがるリリスに、かつて心を許した主の姿でも重ねたのだろうか。

「期待されたなら、応えないとな」

「ん？」

「そいつが生まれた時に、大きくなるまで育てるのもお前の役目だ。その時には立派な魔王になっていないと、愛想をつかされるぞ？」

「そうじゃのう。お父様みたいに、背に乗せてもらえるようにならんとな！」

リリスは嬉しそうに笑う。いつか誕生する相棒のため強くなると誓って。この日、彼女が大魔王になる理由が、また一つ増えた。

俺も、ドラゴンの背に乗る彼女を見られる日を、期待している。

以下を雇用条件に追加する。

⑩ペットについて――魔王城内でのペット（使い魔）飼育を許可する。

第六章　最強の勇者

王国では一週間に一度、国王や大臣を集めた会議が行われる。国政についての話し合いだが、魔王に関する情報共有や、戦況についても語られる。

次にどの魔王を討伐すべきか。勇者ランキングの見直しも、この時に行われる。

形式的かつ順調に進む会議だが、此度は非常に荒れていた。

「ことは一刻を争う！」

「そんなことは皆わかっている！　重要なのは対策だ！」

「簡単だ！　至急ランキング上位の勇者を招集し、最大戦力を送り込むしかない！」

「現実的ではありません。すでに上位の勇者たちは魔王討伐に出ています。彼らを一つの任務に集めるなど……その間、魔王たちの横暴を許すことになる」

議論は白熱する。これほどまでに激論を繰り広げ、意見が対立した会議は初めてであった。

しかし当然でもあった。

勇者ランキング一位、最強の称号を持った勇者アレンの裏切りは、王国の進退に大きな影響を与える。

判断を間違えれば、王国は破滅するだろう。すでに彼らは多くの選択を間違えてしまっている。

事態はひっ迫していた。

「陛下、どうかご決断を！　このままでは事態が世間に広まる！　そうなってはおしまいです！」

「うむ……」

国王は悩む。勇者アレンを討伐するには、相応の戦力が必要になる。

生半可(なまはんか)な人員では意味がないことは、第七位の勇者シクスズの敗北で誰もが認識していた。

あの戦いの結果が、勇者アレンの裏切りを決定づけたとも言える。だが、安易に戦力をまとめることもできない。なぜなら人間の敵は勇者ではなく、魔王なのだから。

そう、勇者アレンの喪失は、王国の最高戦力を失ったことを意味する。

他の魔王に知られれば、魔王たちは王国を攻める可能性がある。そんな状況で、アレンの討伐に全戦力は投入できない。故に、国王は決断に悩む。

可能であれば少数精鋭で、勇者アレンを倒さなければならない。

「そんなことが可能な勇者など……」

「……随分とお困りのようですね、陛下」

「私たちのお力が必要ですか？」

二人は唐突に現れた。会議の場に、音も気配もなく。

白銀の髪の青年と、淡い金髪の淑女。その場の全員が注目し、国王は目を大きく開く。

全員が驚き、声を忘れる中で、大臣の一人が歓喜する。

「おお！　戻られたのか！　勇者レイン、勇者フローレア！」

「はい。さきほど帰還しました」

「皆様、お久しぶりでございます。お身体は変わりありませんか？」

「ああ、我々は元気だ。お二人も無事なようで何よりだよ」

勇者ランキング暫定二位、勇者レイン。同じくランキング九位、『最善』の勇者フローレア。

このコンビを知らぬ人間は存在しない。

最強の個はアレンで揺るがないが、最強のコンビは誰かと問われれば、皆がレインとフローレアを挙げるだろう。

帰還した二人を前に、国王はひらめく。

「レイン、フローレアよ。お前たちに頼みたい依頼がある」

このコンビであれば、最強の勇者アレンを倒すことができるかもしれない。

危機的状況にやってきた救世主だと。そんな考えを見透かすように、レインは答える。

「勇者アレンのことですね」

「――――！　知っていたのか？」

「ええ、触りだけですが聞いています。勇者アレンが裏切り、魔王と手を組んだと……噂だと思っていましたが、その様子は事実なようですね。非常に残念です」

「ああ、信じがたい事態だ。このままでは国民の平穏が脅かされてしまう。どうかお前たちに、この絶望的な状況を変えてほしいのだ」

国王は二人に願う。もはやこの状況を打開するには、彼らに頼るしかない。もしも彼らが敗れることがあれば……今度こそ打つ手はなくなる。

すべての勇者を動員するしか。百年前の……大魔王討伐のように。

「ご安心ください、陛下。私たちはいかなる悪も許しません。たとえ相手が、元勇者であろうとも……悪を為すのであれば、私たちが倒すべき敵です」

「おお、勇者フローレア」

「必ずご期待に沿う結果をお見せします」

「頼もしいぞ、勇者レイン。この任務が無事に終わった暁には、そなたがランキング一位、『最強』の称号を持つ勇者になろう」

「最強……」

レインは眉をピクリと動かす。

にこやかに、彼は言う。

「光栄でございます」

レインはお辞儀をして、議場を去っていく。

その隣にはフローレアがいる。二人は並んで歩く。無言で進む途中で、フローレアがレインにぼそりと呟く。

「嬉しそうですね。レイン」

「――ん？　そう見えるかい？　フローレア」

「ええ、とても嬉しそうな顔をしていました」

「不謹慎だね。気を付けるよ」

口ではそう言いながら、レインの口角は緩む。フローレアも気づいているが、これ以上はつっこまなかった。

勇者レイン、彼にとってアレンは越えられない壁だった。

常に上に君臨する最強で絶対の勇者。第二位でありながら、アレンがいるせいで称号も与えられない。世間では彼を、勇者アレンの代役と言う心ない者たちもいる。

勇者とはいえ、彼らは一人の人間である。人と同じように怒り、喜び、悲しむ生き物だ。

普段は表に見せないだけで、彼らはいつだって胸に様々な思いを抱いている。たとえばそう、劣等感や敗北感というマイナスな感情も。

それを決して、信じる人々の前では見せないだけで。

◇◇◇

魔王城の一室に、柔らかくフサフサの毛皮で作られた台座が用意されている。そこにリリスが優しくドラゴンロードの卵を置く。

「これでいいのじゃ」

「いつ頃に孵化するんだ？」

「それはワシにもわからん。まぁ何年も先になるじゃろうな」

「気長に、か」

せめて俺たちが生きている間に生まれてくれたら……と、考えならな卵を愛でるリリスの横顔を見つめる。

俺は人間で、彼女は悪魔だ。俺たちが一緒にいられる時間は、俺にとっては長くとも、彼女にとっては短くあるだろう。

せめて俺たちが一緒にいられる間に、彼女が一人で生きていけるようにしなくてはならない。

魔王としても、一人の大人としても……。

「さぁ、訓練の時間だ」

「むっ……今から始めるのか？」

「もちろん。ようやく魔剣を使えるようになってきたんだ。成長が見え始めた分、今まで以上に厳しくするぞ」

「い、今まで以上じゃと？　ぬしはワシを殺す気か！」

ささっと卵の後ろに隠れて距離を取るリリスに、俺は小さくため息をこぼしながら言う。

「はぁ……まだ嫌がってるのか？」

「だ、だって最近、アレンの訓練は厳しくなっているのじゃ。自分で気づいておらんのか？」

「そうだったか？　俺はいつも通りに……」

考えながらふと思い当たる。彼女の言う通りかもしれない。少しずつ、訓練に力を入れていた自分が脳裏に浮かぶ。具体的に彼女が魔剣を取り戻した辺りから……そう、最悪の展開を予想した日から。

「前にも聞いたが、何を焦っておるのじゃ？　ワシだってちゃんと強くなっておる！　同盟相手もいるし、順調じゃ順調！」

「……ああ、順調だ」

「そうじゃろ？　だったら少しくらい休んでも――」

「だからこそ、警戒すべきなんだよ」

気を緩めそうになったリリスを引き締めるように、俺は少しだけ声のトーンを低く、脅すように言い放つ。リリスもビクッと背筋を伸ばした。

「勇者も退け、魔剣も取り戻し、ドラゴンロードの卵も手に入れた。リリスも短期間の特訓で飛躍的に強くなっている。そこは俺もわかってる。文句を言いながらだけど、お前はよくやっているよ」

「お、そ、そうか？　なんじゃ最近よく褒めてくれるのう」

　リリスは嬉しそうに、気の抜けたニヤケ顔を見せる。俺に褒められるのが嬉しいらしい。微笑ましい光景だけど、気を抜くなと声のトーンと表情で示す。

「少なからず目立っている。特に勇者、人間側は二度も侵攻を防がれ、脅威として認知されたはずだ。にも拘わらず、まだ何もしてこない」

「諦めた、のかのう？」

「それはないな。陛下は危険を放置するような性格じゃない。そうでなければ……」

　曲がりなりにも王国のために戦っていた俺を、危険だからと切り捨て抹殺しようとは考えなかったはずだ。

　不要と切り捨てた俺が生きていて、魔王と手を組んでいる。これは王国にとって大きなスキャンダルであり、危険分子であることは揺るがない。

　一度や二度の失敗で諦めていい問題じゃない。だからこそ、彼らは必ず次の手を打ってくる。

「サラがこっち側についたことも、とっくに知られているはずだしな」

　ちょうど話をしているタイミングで、サラが俺とリリスの様子を見に部屋へやってきた。彼女は丁寧にお辞儀をする。

「サラはどう思う？」

「私も、このまま何もしてこない、とは考えられません。ですが現実的に、アレン様に対抗できる人材は限られております。二度失敗していることを踏まえて、私が陛下なら次にこそ、もっとも最善と呼べる手を打つと思います」

「ああ、俺もそう思う」

勇者側の人員で、俺と戦いになるのは上位陣だけだ。かつての大魔王討伐の時のように、勇者が全員で挑んできたら、俺も覚悟を決めないといけない。

ただ、それは考えにくい。彼らの敵は魔王であり、俺たちだけじゃない。俺にすべての戦力を投入すれば、彼らにとって不利な状況を後々作ってしまう。

投入するなら、シクスズの時のように少数精鋭。俺に勝てる可能性がある勇者と言えば……彼らしかいない。

「あの二人だな」

「誰のことじゃ？」

「……俺が知る限り、最強のコンビだよ」

「最強はぬしじゃろ？」

「……個人ならね。ただあの二人は——!?」

直後、懐かしい気配を感じる。シクスズの時のように激しい音はない。

何かが破壊されたわけでもない。俺たちは急いで魔王城の入り口へと走った。

彼らはそこにいた。優雅に、当たり前のように歩を進めていた。正面から堂々と、魔王城に入り込む。

脳裏に過った二人が揃って。

「久しぶりだね。勇者アレン」

「嘆かわしいことです。本当に悪の手先になってしまったのですね」

「……最悪な二人だ」

予感が的中してしまった。額から嫌な汗が流れる。勇者ランキング第二位のレインと、第九位のフローレア。このコンビの強さは俺もよく知っている。

「その子供が魔王リリスだね。本当にまだ子供なんだ」

「見た目に騙されてはいけませんよ。あれでも邪悪な心を持つ存在……悪です。限りなき善をもって、悪は滅さなければなりません」

「もちろんわかっているよ、フローレア」

「な、なんじゃこいつら……」

リリスも警戒している。無意識に、魔剣に手がかかっている。

子供のままでは抜けないのに。魔王の本能が警告しているのだろう。この二人は危険だと。

サラも珍しく険しい表情をしていた。

「アレン様」

「……まだだ。下手に動くなよ」

「はい」

俺は大きく深呼吸をする。冷静に状況を分析しろ。この二人が送られてくることは予想できた。それが今だったってだけのことだ。

「国王からの命令で、俺を殺しに来たのか」

「……そうだよ。悲しいことだけど、君は僕たち人間を裏切ってしまった。その報いを受けてもらう」

「ああ、悲しい。正義を司る勇者が悪に屈するなんて」

フローレアは涙を流す。演技ではなく、彼女は本気で嘆いている。そういう人間だ。

「アレン様は屈してなどいません」

「サラ」

「あらあら、メイドさんまで堕ちてしまっているのですね。悲しい、嘆かわしい」

「……アレン様への侮辱は私が許しません」

いつになくサラが怒っている。元々この二人の相性はよくなかった。

理由は俺にはわからないが、王都にいた頃から会うたびに火花を散らしていた。

「サラ」

「わかっています」

よし、彼女は冷静だ。無暗に動いたりはしないだろう。リリスも警戒を解いていない。

正直、この二人を同時に相手にするのは厳しい。

「サラ、お前にこれを託す」

「これは……」

彼女の右手に、俺の右手を重ねる。これで受け渡しは完了した。サラも意図を察する。

「リリスと二人で、フローレアの相手をしてほしい。二人なら勝算はある」

「かしこまりました。リリス様」

「や、やるのか？」

「頼む。ここが……踏ん張りどころだ」

おそらく勇者を辞めて初めて、最大の分岐点になるだろう。この二人を退けることができれば、王国にプレッシャーをかけることができる。

しばらくは無暗に戦力を送り、消耗するような真似はしないだろう。

「いくぞ！」

俺は原初の聖剣を抜く。そのまま躊躇なく突進し、レインに斬りかかる。

レインも自らの身体から輝く聖剣を生み出し、俺の攻撃を受け止めた。

「お前の相手は俺だ」

「僕もそのつもりだったよ」

激しい鍔迫り合いを繰り広げる。膂力に大きな差はない。体格もそこまで変わらない。

ただし、聖剣の力はこちらが上だ。

「うおお！」

「っ！」

押し勝ち、レインを後方に吹き飛ばす。当然この程度では怯みもしない。

休みなく詰め、さらに攻撃を加える。

「本気だね。勇者アレン」

「当たり前だろ！　お前が相手なら手加減はできないからな！」

「――光栄だよ」

レインの聖剣が光を放つ。眩しさに目を瞑る。その一瞬で、彼の斬撃が俺の身体に届く。

「ぐっ」

ギリギリ反応して回避したが、左肩から胸にかけて薄皮を斬られた。

俺は距離をとる。

「さすがだね。心臓まで斬るつもりだったのに」

「……」

傷は瞬時に回復する。上位の勇者たちそれぞれに回復手段を持っている。

この程度の傷はダメージにならない。俺の場合、心臓を潰されても回復できる。

ただし……。

「内部から一気に、身体の大部分を破壊すれば君も死ぬ。そうだよね？」

「……ああ、そうだな」

不死身というわけじゃない。殺せば死ぬ。殺すことができる存在が限られているだけで……。

そう、彼はその限られた一人だった。勇者ランキング第二位、俺がいなければ『最強』の称号は彼のものだっただろう。言わばこれは新旧対決だ。

「アレン、君の時代はもう終わった。これからは僕が……最強の勇者だ」

「……生憎(あいにく)、勇者の称号は捨てても、最強の座まで譲る気はないぞ」

◇◇◇

アレンとレインの戦いが始まった直後、この三人も睨(にら)み合う。

勇者ランキング九位、『最善』の勇者フローレア。対するは未熟な魔王と勇者のメイドである。

「あらあら、私たちを個別に相手をするおつもりですか？　アレンさんもひどいことを考えますね」

「どういう意味でしょう？」

「あら？　おわかりになりませんか？　お二人は捨て石にされたのですよ」

「なんじゃ！」

フローレアは笑みを崩さない。

穏やかに笑い続ける。リリスは睨み、サラは無表情のままじっと見つめる。

「この状況を見れば明白でしょう。勇者である私を相手に、一般人の女性と子供の悪魔を当てる……勝てるはずがありません」

「随分なおごりですね」

「おごりではありませんよ、サラさん。これは明確な事実です。お二人では私には勝てません。ああ、なんと悲しいことでしょう！　サラさんまで悪魔に騙されてしまったのですね。私は今日、友人を殺さなくてはなりません」

フローレアは涙を流す。心の底から悲しんで流している涙だ、彼女の異常性を表す。

彼女は神を信じている。神に祝福されし人類こそが正義であり、そうでない存在は悪だと決めつける。

いかなる理由があろうとも、悪は滅ぼすべきである。究極の理念を貫くためなら、どんな方法もいとわない。

自らが定めた善を実行し続ける。故に彼女は、『最善』の勇者と呼ばれるに至った。

そんな彼女の聖剣は――

「な、なんじゃあれ！」

「正義の聖剣……テミス」

「あ、あれが聖剣じゃと？　どう見ても……」

巨大な十字架である。フローレアによって召喚されたのは、彼女の背丈の三倍は超える巨大な十字架。剣の形状はしていない。しかし、あれも聖剣の一振りである。

驚くべきは形状だけにあらず。その大きな十字架を、彼女は軽々と片手で摑み持ち上げる。

「主よ。どうか罪を犯した同胞に安らかな死を」

瞬間、フローレアは駆け出した。細い体に似合わぬ怪力は、腕だけではない。

脚の力も尋常ならざるものであり、ただの人間には捉えられない速度を見せる。が、常人を超える力の持ち主なら存在する。

ただの人間でありながら、魔王と肉弾戦で互角に渡り合うメイドが――

「一つ、訂正しておきます」

「――！」

サラが十字架を受け止めている。彼女が持つ大剣は、本来何の力もないただの剣である。

聖剣を止められるほどの力はない。だが、今は違う。

なぜなら彼女には、勇者アレンから託された力がある。

「この力……まさか聖剣？」

「私はただの人間ではありません。最強の勇者アレン様のメイドです」

守護の聖剣アテナ。サーベルの形状をしたこの聖剣は、勇者アレンがその身に宿す一振り。

通常、聖剣は持ち主だけが扱うことができる。勇者の資格を持たぬものでは、聖剣を扱うことはできない。

聖剣アテナの効果は、他の物質と融合し、融合した対象に聖剣の力を付与すること。融合する対象の持ち主に限り、勇者ではなくても扱える唯一の聖剣である。

今、聖剣アテナはサラの大剣と融合している。彼女を知る多くの者たちが口をそろえる。

もしも勇者の資格を持っていれば、彼女は最強の存在になっていただろう、と。

その結論が、ここに現れる。サラは十字架を力で弾き飛ばす。フローレアは空中で一回転して、距離を取って着地した。

「サラ、ぬし……」

「力を貸してください、リリス様。私一人では厳しい……あなたの力が必要です」

「――――！　もちろんじゃ！」

リリスはペンダントの効果を発動。大人の姿となり、魔剣を抜く。

「勇者フローレア！」

「あなたは私たちが倒します」

「……健気ですね。とても悲しいことです」

◇◇◇

原初の聖剣と光の聖剣。二つの力が衝突し、空気が振動する。

一振り一振りが全力で、並の魔王なら倒せる力を持つ。しかし届かない。互いに相手の強さを知っているが故の全力、それに応え続けている。

「やっぱり強いな」

「君もね」

今まで意識しなかったわけがない。俺が長く一位の座にいる間、彼も二位の座にいた。

俺がSランクの魔王を倒せば、彼も同じ時にSランク魔王を倒している。お互い、国の平和の一端を担っていた自負があった。

「僕たちは似ている。でも、一つだけ違っていた……君は最強で、僕はそうじゃなかったってことだ」

「……お前」

「小さい男だと思うかい？　けど、僕にとっては重要だったんだ。ずっと、君の背中を追いかけていた僕にはね」

レインが俺を睨む。

おそらく、人間に対してこれほど怒りを露にするのは初めてなんじゃないだろうか。

彼は温厚な性格で知られている。怒りを見せるとすれば、人に仇なす悪魔たちにのみ。

「ガッカリしたよ。この程度だったなんてね」

「何が？　まだちょっとしか戦ってないだろ？　もう俺の底が見えたつもりか？」

「そうじゃない……いや、そうとも言えるね。君の正義は、強さは……こうも簡単に揺らぐものだったんだと、呆れているだけさ」

「……否定はしない。俺はお前たちを裏切った。先に裏切られたとしても、結果がすべてだ」

レインは眉をぴくりと動かし、僅かに動揺してみせた。

どうやら事実は知らない様子だ。だが、大きく驚きもしない。彼も薄々感じてはいたのだろう。王都で俺が、どんな扱いを受けてきたのかを。

「さっき、違いは一つだけって言ったよな？　間違ってるぞ」

「……」

「お前……休みはとれるか？　報酬で家は建つか？　どこまで経費にできる？　なぁレイン、お前は全部持ってるだろ？」

「……」

彼は無言だった。事実、彼は俺のように劣悪な待遇をされていない。

俺が自らの待遇に不満を抱いていたのは、彼との差が目に見えていたからだ。もちろん、金銭のために命をかけていたわけじゃない。

本気で人々の平和を望んでいた。だけど、お金がなければ生活できない。

休みがなければいずれ倒れる。

どれだけ強くても、最強でも、俺も一人の人間なんだよ。

「お前にはあるか？　すべて、俺と同じ立場になる覚悟が……俺はオススメしないぞ」

「……だとしても、僕は勇者として生きる！」

聖剣の輝きが増す。彼の力が増幅している。

今まで力を隠していた——否、これは彼女の、聖剣テミスの力だ。聖剣テミスには、使用者を中心とした一定領域内にいる味方の能力を向上させる力がある。

これがあるから、このコンビは厄介なんだ。聞いていたより効果範囲が広い。

もっと離して戦うべきだったけど、仕方ない。

「出し惜しみはなしだ」

俺は左手に、もう一振りの聖剣を握る。

聖剣オーディン、暴風の力。大気のすべてを支配する聖剣によって、周囲の風が吹き荒れる。

「最初から手は抜かないでくれ。僕は君を……最強を超えなきゃいけないんだ！」

「ああ、だったら俺も全力で行くよ」

元最強の勇者から、これから『最強』を背負う者に向けて……最大最強の試練を与えようじゃないか。って、なんだ考え方まで魔王みたいになってきたな。

俺は呆れて笑いながら、聖剣を振るう。

◇◇◇

一方、勇者フローレアに挑む二人。聖剣アテナの力を手にしたサラと、大人バージョンになり終焉の魔剣を手にするリリス。

人数、武器の性能的に有利ではあるはずだったが。

「っ……」

「こいつ……」

強い！

押されているのはサラとリリスだった。

「あらあら、威勢がいいのは最初だけでしたね」

「なんじゃこいつ……」

「気を抜かないでください。またあれが来ます」

「わかっておる！」

十字架から無動作で放たれる光のエネルギー。リリスは瞬時に魔法で防壁を張り、攻撃を弾き飛ばす。

フローレアの聖剣テミスは他者を強化する。その代わり、他者の力の一部を行使することができる。

つまり、フローレアは今テミスだけでなくレインの光の聖剣の力を使えるということだった。

「コンビで最強……そういうことじゃったか」

「はい」

「私たちはいつも一緒です。ちょっと距離が離れた程度では切れません。とても強く、固い絆で結ばれていますから」

ニコニコ微笑みながら十字架を担ぎ上げる。光の聖剣は、聖剣の中でも高い攻撃力と防御力を誇る。

さらに自身の力で強化され、威力は増す。

二人が苦戦する理由は明白だった。

「離すしかありませんね」

「じゃのう」

分断する。そうすれば互いを高め合う効果は消える。

問題は、その程度のことを予想しないわけがないということ。

「私と彼を引き離すつもりですか？　そうはいきませんよ」

「……時間は？」

「あと一分じゃ。準備込でギリギリじゃが」

「やるしかありませんよ」

「じゃの！」

二人は腹をくくる。先に動いたのはサラだった。聖剣アテナと融合した大剣を振るい、フローレアを攻撃する。

常人ならざる怪力を持つ者同士、肉体的な条件は五分である。が、当然優位はフローレアにある。

「力だけでは勝てませんよ」

鍔迫り合いから光の光線を至近距離で放つ。サラはギリギリ回避して畳みかける。

張り付くほど至近距離で、攻撃を加え続ける。

「時間稼ぎですか？　もう一人の悪魔が何かしていますね」

「だとしたら何ですか？」

「無駄ですよ。ここに私がいる限り、すべては私の支配下です。入念に準備した魔法も――」

地面に配置された魔法陣が複数破壊される。すべてリリスが準備していたもの。

発動と同時に、フローレアを外に転移させる魔法だった。が、破壊された。

サラの聖剣テミスの効果は範囲。一定領域に聖剣の力が満ちて、あらゆる魔法を阻害する。

「くそっ」

「無駄な足掻きでしたね」

作戦は失敗した。ペンダントの効果も切れる。

これで終わり――

「かかったな」

「え？」

直後、巨大な魔法陣が地面に展開された。

フローレアは焦りを見せる。

「どうして魔法が……」

「ここがどこかお忘れですか？　魔王城、敵の拠点です。なんの仕掛けも施されていないと思いましたか？」

「まさか――」

魔王城には防衛のため、様々な魔法が備わっている。

聖剣テミスの効果は範囲内の魔法発動の妨害。魔王城全体に施された魔法は、彼女の効果の外である。故に阻めない。

フローレアを暗闇が襲う。

漆黒の結界に包まれ、外部との交信を絶たれた。

「こんな結界」

「もう遅いですよ」

眼前にサラが大剣を構えて迫る。

咄嗟に防御姿勢になるフローレアに、サラは大剣を捨てて見せた。

「え……」

一瞬、気が緩む。

聖剣アテナの効果は融合。その対象は、生物も含まれる。手放す直前にサラは、アテナの融合対象を自身に変更した。

今、聖剣は彼女の身体に宿っている。

「歯を食いしばってください！」

「ぐっ、う……」

文字通り聖なる拳が、『最善』の勇者を殴り飛ばした。

手から十字架を離し地面に倒れ込む。漆黒の結界が消失し、子供に戻ったリリスが歩み寄る。

「やったのう」

「はい」

「……悲しいですね。それだけの力があって……悪に惑わされてしまうなんて」

「こやつまだ……」

リリスは大きくため息をこぼす。サラも、呆れた顔をする。

「私は自分の意志でここにいます。勝手に決めつけないでください」

「悪魔じゃから悪という考え方をしておるみたいじゃが、それこそ悪い決めつけじゃ！」

「ふっ……ははっ、何を言っても無駄ですね。でも……まだ終わっていません。私には彼がいますから……」

「……そちらもすでに、決着がついているようですよ」

「え……ああ――」

二人の視線の先で、確かに決着していた。最強が立ち、最強になれなかった者が膝をつく。

勝者は――

◇◇◇

俺が最強の勇者と呼ばれていた所以（ゆえん）は、何も原初の聖剣を有していることだけじゃない。俺は勇者の中で唯一、七本の聖剣に選ばれた存在だった。

異なる力を宿した聖剣を振るうことで、あらゆる状況、敵の能力にも対応できる。万能にして最強の勇者、それが俺の強さを確立する。

右手には原初の聖剣を握り、左手には暴風の聖剣を握る。俺の身体（からだ）は突風を纏（まと）い、一挙手一投足が大気を揺るがす暴風となる。

「おおお！」

「くっ……」

原初の聖剣の振り下ろしを、レインは光の聖剣で受け止める。原初の聖剣の力に、暴風オーディンの風を纏わせた攻撃だ。

防御するだけでも相当な気力、体力を消耗する。彼でなければ受け止めることは不可能だったかもしれない。

「光よ――満ちろ」

「――!?」

受け止めた光の聖剣がまばゆい輝きを放ち、全方位に向けて光の斬撃を発射する。俺もすかさず距離を取り、暴風の衣で光の刃を撃ち落とした。

「……威力が増しているな」

「当然だよ。僕は一人で戦っているわけじゃないんだ」

正義の聖剣テミスの能力で、レインの力が増幅されている。あの力は互いに意識し合うことで相乗効果を生む。

さっき視界の端に、レインじゃない光の輝きが見えた。おそらく向こうで、フローレアがレインの力を借りて使っているんだ。

互いの存在が強さを高め合い、離れていても一緒に戦っている。これが最強のコンビ、レインとフローレアの厄介さだ。

リリスとサラは大丈夫か？

「彼女たちのことが心配かい？」

「……」

「気持ちはわかるけど、こっちに集中したほうがいい。でないと——」

一瞬、彼の身体（からだ）がぴかっと光ったように見えた。鏡の光が反射して、目に当たった時のように、眩（まぶ）しさに視界が遮られる。

瞬（まばた）きすらしていない僅（わず）かな時間で、目の前から彼の姿が消えていた。

「後ろだよ」

「——っ！」

声と同時に振り返り、原初の聖剣を背中に回す。間一髪、レインの斬撃（ざんげき）を受け流し、暴風の力で互いに吹き飛び距離をとった。

「さすがに簡単じゃないな」

「そうでもない。声をかけてくれなかったら気づけなかったかもな」

ギリギリだった。気を抜いていたわけでもないし、レインから意識を逸（そ）らしてもいない。臨戦態勢で、裏を取られた。

「そう。だったら次は、もう少し速くしようか」

再びまばゆい光が一瞬だけ輝き、次の瞬間にはレインの姿はない。だが、消滅したわけじゃない。姿は見えなくとも、気配は感じられる。

呼吸の音、攻撃の際に生じる空気の揺れ、意識の主張。それらを感じ取り、次の攻撃の方向と手段を予測する。

後ろじゃない。今度は上からの振り下ろしだ。

「――――！」

「わかったぞ」

俺は振り下ろされた光の聖剣を、原初の聖剣で受け止めた。と同時に、見えなくなる仕組みを理解する。

「光の屈折だな？」

「……」

彼は無言で笑みを浮かべる。

彼は自身の肉体の表面に光のエネルギーを纏（まと）うことで、自身を映す光を屈折させて姿を晦（くら）ませている。

俺たちが視界に相手の姿や景色を見ることができるのは光があるからだ。鏡が虚像を映し出すように、光の反射で姿は映し出される。

聖剣の力で光を操る彼にとって、自らの姿を消すことぐらい造作もない。ただ、消せるのは姿だけで、他の気配は残ってしまう。

「タネがわかれば単純だ。視界に映らないならそれ以外の情報を追えばいい。もうその手は通じないぞ?」

「わかっているさ。だから、次の手だ!」

レインは俺の周囲に光の球体を無数に展開させる。一つ一つは小さく、片手で掴める程度の大きさでしかない。それが何十と取り囲むように浮かぶ。

数は多いし全方位、逃げ場はなさそうだけど球体から感じる力の量は小さい。いくら数を増やしても、オーディンの力で纏った風の衣は突破できない。

「これで全方位からの攻撃か?」

「いいや、それはただの中継点だよ」

「中継点?」

「ああ、こうやって使うんだ」

レインは聖剣の切っ先を向け、先端から高密度の光線を発射する。しかし狙いは俺ではなく、まったく違う方向だった。

そこにあるのは浮かんだ光の球体。着弾と同時に光線の向きを変え、次の球体に当たり、さらに向きが変わる。

鏡に光が反射して、その光をまた別の鏡が反射するように、放たれた光線は予測不可能な軌道を描き、俺の背後から腹部を狙う。

「ぐっ、つぅ……かすったか」

「凄いな。今の攻撃を反射で躱すなんて……恐れ入ったよ」

「躱せてはないけどな」

「その程度、当たったとは認識しないよ」

ドクドクと、攻撃がかすった右腹部から血が流れる。確かにこの程度なら簡単に回復できる。とはいえ、今のは運もよかった。

狙われていたのが頭部か心臓だったなら、下手をすれば致命傷になっていただろう。この球体の包囲はやっかいだ。

即急に抜け出すために行動を開始する俺に対して、レインは先に手を打っていた。

「逃がさないよ」

「これは――」

いつの間にか、光の結界で周辺が覆われている。さっきの攻防の合間に、俺に気づかれず逃げ場を塞いだのか。

「気づくのが遅れたね」

「ああ、だがこんな結界、斬り開けば問題ない」

「そうだね。君なら破壊も容易だと思う。でも――」

レインが聖剣を振るう。直後、浮かんでいた光の球体が、一斉に動き始める。

「一手遅いね」

「──!?」

動き出した球体はすさまじい速度で結界の縁に衝突し、跳ね返されたように反射する。さらには球体同士がぶつかり合い、予測不可能な方向に、乱雑に反射を繰り返す。

「その結界はあらゆる攻撃を反射する。反射された攻撃は倍の威力になって襲い掛かる仕組みになっている。それを何度も繰り返せばどうなるかな?」

「しまっ──」

「いくら君でも、この攻撃は防げないよ!」

確かに一手遅かった。逃げ場のない状況で、光の球体は無数に反射を繰り返し、やがて風の衣を貫通する威力になる。

最終的には結界が耐えられない威力へと進化して、ほぼ同時に全球体が大爆発を起こした。

この間、僅(わず)か一秒。

爆発の直後、レインが聖剣を握り爆風の中へ突進する。

「君がこの程度でやられるとは思っていないよ!」

攻撃は直撃しても、俺が生きていると断定して突っ込んできた。最強の勇者がこの程度の攻撃で倒れはしない。だが、相応の負傷は負っている。回復される前に、最大の一撃を至近距離で放とうという考えだろう。

もっとも、その目論見は失敗する。

レインは俺にたどり着く前に、不可視の斬撃を無数に受けて血を流す。

「なっ……」

「――やっと、隙を見せてくれたな」

俺はオーディンを振り、爆風を外へと薙ぎ払う。レインはほとんど傷を負っていない俺の姿を見て驚愕する。

「あれを受けて……無傷？」

「いや、少しくらった。さすがにヒヤッとしたな」

「……どうやって防いだんだい？　それに……この攻撃は一体……」

「逃げられないと思ったからな。全部撃ち落としたよ」

「――撃ち落とした……だって？」

そう。彼が仕掛けた全方位の攻撃は素晴らしかった。結界を破壊するには距離が遠く、攻撃は加速して回避も困難だったし、威力も増して防御しても相応のダメージは負ってしまうと理解した俺は、即座に撃ち落とす判断を下した。

至近距離に届いた光の球体は原初で斬り払い、距離が離れている球体は、オーディンの真空の刃を放って破壊する。その後の爆風は、オーディンの力で気流を操作し、俺の周囲には届かないようにコントロールした。

そして、レインが驚いている攻撃の正体は――

「オーディンは風を操る。風とは空気の流れだ。真空を生み出すこともできる。球体を撃ち落とすのに使った真空の斬撃を、そのまま残しておいたんだ」

「――そういうことか」

「理解が早いな。そう、お前は攻撃に自ら当たったんだ」

「くそっ……」

彼は戦闘中、常に反撃を警戒していた。攻撃は最善のパターンを選び、決して深追いはせず、可能な限り距離を取っていた。

接近するときも、できるだけ虚を突き、俺の行動が後手になるタイミングを作り出していた。あれだけ警戒されると、カウンターや罠をしかけようにも隙がない。だが最後、大技を受けた俺が動けないと判断して、防御を捨てて攻撃に意識を集中させた。

その判断が、レインの頭から反撃の可能性を排除してしまったのだろう。

「まだだ……まだ終わっていないよ」

「ああ、わかってる」

俺はレインの強さを知っている。この程度の負傷で倒れるほど、勇者ランキング二位の座は簡単じゃない。

ただ、この時点でとっくに、勝負の行方は決まっていた。

激闘は続き、やがて終わりを迎える。

「はぁ……はぁ……」

「……どうして」

「ん？」

「どうして僕は、君に勝てないんだ」

決着はついた。激闘の末、レインは膝をついている。

立っているのは俺のほうだ。

「どうしてだ！　僕は勇者だ！　勇者の座を捨てた君とは違う！　なのに……どうして、どうして君は、僕の先にいる？」

「レイン……」

「勇者に敗北は許されない。なら僕は……僕のほうこそ勇者に相応しくないじゃないか！」

悔しさを拳に込めて、地面を叩く。彼の気持ちを理解できる……なんて言いたくはない。

勝者が敗者に、ましてや勇者を辞めた俺が言えることなんて何もないんだ。

「あっちも決着がついたらしい。彼女をつれて王国へ戻れ。お前たちまでいなくなったら、王国の人々を守る奴がいなくなる」

「待ってくれ……どうして、裏切ったんだ？」

「……理由はならわかってるだろ？　先に裏切られた……だから、こっちについた」

「違う……違うじゃないか。君の心は、魂は、強さは未だ勇者だ。僕が知る最強の勇者のままだ！　その証拠に、君は最後まで僕を傷つけないように戦っていただろう？」

どうやら見抜かれてたらしい。情けない話だが、俺は人間を相手にすると躊躇してしまう。勇者が人を傷つけてはいけない。シクスズの時だって、殺すことはできた。そうしなかったのは、俺の弱さだ。

「弱さだなんて思わないでくれよ？　それは強さだ。勇者らしい強さだ」

「お前……勝手に人の心を読むなよ」

「読まなくてもわかる。僕たちは勇者だ！　勇者の想いはすべて等しく、人々の平和だ。なら君も……」

真剣に、信じるように俺を見つめる。こいつとは別に、仲がよかったわけじゃないのに……。似ていると言われたのは、正しかったかもしれない。

「俺は、勇者を辞めた。けど、敵になったわけじゃない」

話しながらリリスを見る。

あの小さく、まだ弱い魔王が言ったんだ。

「全種族の共存、それを叶えたいと思ったんだ」

「共存……それが、君たちの望みなのかい？」

「ああ、むちゃくちゃな夢だろ？　けど、実現できたらすごいことだ」

いがみ合っているすべての種族が手を取り合い、共に生きる。そんな未来があるとすれば、まさに理想的。真の平和って、そういうものだと思う。

「待遇に不満があったのも事実だけどさ。俺は彼女の夢に共感した。だから、これからはその夢のために生きようと思う」

ずっと、少しだけ後悔していた。

勇者を捨てる。そう決めて、リリスの下で働くようになって……。

他に道があったんじゃないかとか、勇者に戻れるのならって、少し考えた。

迷っていたんだ、俺も。でも今日、レインと戦って覚悟が決まった。

「俺は……俺の信じる道を行く。それでも俺を勇者と呼びたいなら好きにすればいい。肩書なんて自分が決めるものじゃないからな」

「……ははっ、その通りだ」

勇者レインは笑う。

呆れたように、解放されたように。

「自然と誰かの幸せを見ている……そういうところも、勇者らしいよ」

「そうか？　だったら俺は――」

今もまだ、『最強』の勇者であり続けているのだろう。

エピローグ　それぞれの居場所で

魔界において、魔王の名は強者の証（あかし）である。強さを求める者、強さを手に入れた者、強さを願われた者……理由はどうあれ、経緯はどうあれ、名乗ることは誰でもできる。

ただし、強くなくては生き残れない。

魔王の名はすなわち、己の強さを知らしめるための道具にすぎない。

しかし、彼らの中には存在する。単なる肩書でもなく、強がりでもない。

資格なき者は決して名乗ることが許されない……真なる魔王が。

「――ルシファー様、ご報告がございます」

「なんだ？」

たった一言。何気ない言葉一つに込められた圧力に、配下の悪魔は身体（からだ）を震わせる。

王は苛立（いらだ）っていた。否（いな）、退屈していたのだ。

下らない報告など聞きたくないと、声に出さずとも態度で伝わる。

配下の悪魔は悩みながらも、報告を口にする。

「北の辺境にて……魔王と勇者が手を組んだという情報があります」

「……へぇ」

魔王はニヤリと笑みを浮かべる。興味を持ち、前のめりになる。

「誰と誰？」

「だ、大魔王サタンの娘……リリス」

「ああ、あの娘か」

期待は裏切られた。そう言いたげに、魔王の表情から興味が薄れる。が、もう一人の名を聞いたとき、彼は再び興味を取り戻すだろう。

なぜならその男は——

「もう一人は、勇者アレンです」

「——！　最強の勇者……アレンか」

人間界において最強の存在。数々の魔王を討伐し、未だ敗北を知らない強者。

人間界のみならず、魔界の悪魔たちも、その名を知らぬことはない。誰もが知る……最大にして最強の敵。

「かつての大魔王の娘と、現代最強の勇者が手を組んだ？　一体何があったんだ？」

「はっ！　どうやら人間たち、というより国王から裏切りにあったようです」

「それで未熟な魔王の配下に？　面白いことを考えるじゃないか。最強が最弱に仕える……か」

弱き者に興味などない。彼は常に欲していた。

自身と対等に戦える存在を、その地位を脅かせる強者を。勇者も、魔王もとるに足らない。

唯一、彼の期待に応えることができるとすれば、勇者アレンをおいて他にいない。

最強の相手は、同じ最強ではなくては務まらない。

「そのうち会えるかもしれないな。勇者アレン」

彼こそは『大罪』の一柱。

『傲慢(ごうまん)』の魔王——ルシファー。

現代魔界において、最強の魔王である。

◇◇◇

「そろそろ出発するよ」

「ああ、傷は十分に癒えたか？」

「最初から、怪我(けが)なんて大したことはなかったよ。君なら知っているだろ？　勇者っていうのは頑丈なんだ。簡単には死なせてもらえない」

「そうだったな」

最強のコンビ、勇者レインと勇者フローレア。二人との激闘から一夜明け、魔王城は落ち着きを取り戻す。

本気で殺し合った相手と同じ建物で夜を明かすのは、なかなかにスリリングな体験だった。

もっとも、戦いを終えた二人に敵意はなかったが……。

「念のため最後に聞くけど、戻ってくるつもりは……」

「ない。俺には俺の目的がある。そのために、俺はこいつと一緒にいる道を選んだんだ」

俺は隣にいるリリスの頭をがしっと摑む。

「な、なんじゃ！　急に頭を摑むな！」

「……全種族の共存、だったね」

レインは小さく長く息を吐き、リリスに視線を向ける。

その視線に敵意や怒りはなく、小さな子供を見つめる優しい目をしている。だからリリスも、怯えることなく目を合わせた。

「本気でそれを望んでいるのかい？」

「もちろんじゃ！　ワシのお父様が成しえなかった夢！　絶対に叶えてみせる！」

真剣に、まっすぐに目を逸らさず宣言した。

レインは見つめる。彼には俺のように、相手の嘘を見抜く加護はない。そんなものがなくてもわかるはずだ。

多くの人々を見てきて、たくさんの戦いを経験した彼ならば、その瞳に嘘がないことが……。

「……夢、か。確かに夢だね。普通は誰も考えない。考えても実行に移せない。少なくとも僕には思いもつかなかった」

「俺もだよ。こいつに言われるまで考えたこともなかった」

この世界には多くの種族が存在する。長らくいがみ合い、淘汰し合ってきた歴史がある。

今もなお、世界のどこかで戦いは起こっている。

俺たちも戦渦の中にいた。人という種族を守るため、他の種族の未来を潰してきた。

間違っていたとは思わない。それでも、他の方法があったんじゃないかと、後悔したことはいくらでもある。

「正直ムカついたよ。俺より弱いくせに、俺よりずっと先を見据えている」

「よ、弱いとかいうな！　ちょっとは強くなっとるじゃろ！」

「そうだな。少しずつだが……」

「ははっ、まるで師匠と弟子みたいだね。いや親子……うぅん、兄妹かな？」

兄妹？

俺とリリスが？

俺たちは互いに目を合わせる。それから揃って、レインに言ってやる。

「どこがだよ」

「どこがじゃ」

「あらあら、呼吸もぴったりですね」

いつものように崩れない笑顔で勇者フローレアが言う。

リリスとサラに負けた彼女だったが、身体には傷一つ残っていない。

俺たちと同じく頑丈だ。むしろ勝利した二人のほうがどっと疲れているくらいに。リリスは彼女が苦手らしい。戦意はなくなっても警戒して、俺の後ろに隠れる。

「なんでケロっとしとるんじゃ！」

「ふふっ、あの程度で動けなくなるほど弱くはありませんよ」

「……負けたくせに」

「ええ、私は敗北しました」

未だ彼女は笑顔のままだった。だが、その笑みには初めて、悲しみが漏れ出ている。

彼女は敗北を認めた。自らを善とし、悪と定めた者に挑み、敗北した。その事実を、彼女は噛みしめているのだろう。

「すまない、フローレア。僕の我儘に付き合わせてしまって」

「いいえ、謝らないでください。私は善を愛し、悪を憎みます。私が定めた善のため、悪を滅ぼすことに変わりはありません」

語りながら、リリスに視線を向ける。リリスはビビって身体を震わせたが、彼女の視線に敵意は一切なかった。

穏やかで、不気味な笑顔のまま彼女は言う。

「私はレインを信じております。あなたの善は、私の善です。あなたが彼らを善と定めたのなら、それは私にとっても同じこと。レインが信じると決めたのなら、私も彼らを信じましょう」

「フローレア」

「信頼されてるな」

「……ああ」

このコンビが最強と言われるのは、能力に限った話じゃない。彼らは互いに信じ合い、いかなる時も背中を預ける。

強さを、思想を、願いを共有しているからこそ、迷うことなく戦える。

「のう、迷惑コンビ！」

「め、僕たちのことかい？」

「うむ。提案なんじゃが、ぬしらもワシの部下にならんか！」

唐突に、リリスが二人を勧誘し始めた。これには冷静な表情をしていたレインも大きく瞳を見開き驚いている。隣にいるフローレアも、笑顔が虚を突かれた驚きに変化していた。

俺も驚いてはいるけど、彼らほどじゃない。俺は少し前の光景を思い出す。玉座に座り、俺のことを勧誘してきたリリスの姿を。

「急に……何を言い出すんだい？　僕らは勇者だよ」

「知っておるよ！　じゃが、アレンだって勇者じゃった！　今でもそれは変わらん」

「なら、勇者と魔王は敵同士、そう定められた存在です」

「そうかのう？　肩書で敵対するなんて馬鹿みたいじゃ」

ハッキリそう答えたリリスに、二人とも呆気に取られていた。難しいことを簡単に言ってしまえるのは、子供の特権なのかもしれない。

「勇者だから魔王の敵なのか？　違うじゃろ。互いに譲れないものがあるから戦うんじゃ。ワシに叶えたい夢があるように、ぬしらにもあるじゃろう？」

「……そうだね」

「ええ。私たちは人々のために、善のために戦います」

「うむ、それでいいのじゃ！　それで戦いになるのは仕方がない。でも、敵だからわかりあえない、なんてことはないのじゃ！」

リリスは堂々と胸を張る。

高らかに、小さな身体を目いっぱいに大きく見せて。

「ワシは見てきた！　争っていた敵同士が手を取り合う姿を！　一度は本気でぶつかり合った相手だからこそわかることがある！　ワシは強い仲間がいてくれると心強い。そうすれば、アレンも安心できるじゃろ？」

そう言って彼女は笑う。もしかすると、俺のことを気遣ってくれているのかもしれない。人間でありながら、彼らと敵対する道を歩むしかない俺のことを……。

「そうだな。二人の強さは、昔から心強かったよ」

「アレン……ふっ」

レインは気の抜けた笑みを浮かべ、リリスを見ながら答える。

「魅力的な提案だね。けど、僕たちは人類を守る勇者だ。そのためにやるべきことがある」

「そうか……残念じゃのう」

しょんぼりするリリスを見て、彼女が本気で二人を仲間にしたかったことが伝わる。そんな彼女を優しく見つめながら、レインは呟く。

「正直に言うと、ちょっと揺らいだよ。アレン、君がそっち側にいる理由が少しわかった気がする。すごい子だね、彼女は」

「当たり前だろ？　俺が部下になったんだ。彼女はいずれ必ず、大魔王と呼ばれる存在になる」

「うむ！　お父様のようにな！」

「ははっ、君たちが言うと冗談に聞こえないね。魔王リリス、さっきの提案はありがとう。今すぐには難しいけど、君たちの夢の手伝いはできる。僕たちの力が必要になったら、その時は遠慮なく呼んでくれ。それでもいいかい？　フローレア」

レインは隣の彼女に同意を求める。フローレアは静かに頷き、優しく微笑んで肯定する。

「もちろん。レインが選んだ道が、私の正義であり、善ですから」

「本当か？　心強いのじゃ！」

喜ぶリリスの肩をポンと叩く。彼女にはこれまで何度も驚かされてきたけど、まだまだ飽きさせてはくれなそうだ。

それに……。

「なぁレイン、今だから言えるけど、ずっと羨ましいと思ってたんだよ」

「僕をかい？」

「ああ。俺は長く一人で戦ってきた。背中を預けられる相手なんていなかった。いつだって、背中を刺されるかもしれない恐怖と戦ってきた。羨ましいと思うだろ？」

「アレン……君は……」

自分が結構、寂しがり屋だということに気づかされた。こうして彼らと対峙して、それを思い知らされた。

一人で戦えるから大丈夫、じゃないんだ。

俺はずっと……背中を預けられる仲間を欲していたのかもしれない。

「でも、君はもういるじゃないか」

「ん？　ああ……」

俺とレインの視線は、俺の後ろに隠れた小さな魔王と、メイドに向けられる。

「な、なんじゃ？」

「私はアレン様に一生ついていきます」

「サラはいいが、リリスはまだ弱っちくて安心できそうにないな」

「これからだよ。君が教えてあげればいいんだ。最強を、ね」

「ああ」

そうするよ。

俺たちの理想を叶えるには、最強一人じゃ足りないからな。

「じゃあ行くよ」

「ああ、頑張れよ」

「お二人もお元気で。もしも悪さしたら、その時は容赦なく鉄槌を下しますよ」

「わかっております」

「の、望むところじゃ！」

二人の勇者は去っていく。魔王城から悠々と。新米魔王と、元勇者と、そのメイドに見送られながら。

「特大の嵐が去っていった気分じゃ……」

「何を全部終わったーみたいな顔してるんだ？　まだ何も始まってない。というか、お前はいい加減最初に提示した雇用条件くらい守れるように努力しろ」

「う……そればっかりじゃな。なんじゃ！　ぬしはワシに不満しかないのか！」

「なんでお前が怒ってるんだよ……」

逆ギレもいいところだな。俺は盛大にため息をもらす。

「条件守ってもらえてないんだ。不満は山ほどあるぞ」

「くっ、ワシだって頑張って……」

「けど、お前と一緒の生活も、悪くないと思ってはいる」

「――アレン？」

リリスは不思議そうに俺の顔を見上げる。俺は小さく微笑み、魔王城を、今の俺が暮らす場所を見渡す。

「ここは……居心地がいい」

勇者が口にするセリフとしては最低だろうな。魔王城にいて、これまでにない安心を得ているなんて……。

「……そうか。居心地がよいのか！　それはよかったのじゃ！」

「ああ。けど条件守れてないことは忘れないからな」

「私はあくまでアレン様のメイドですので。リリス様のことはアレン様次第です」

「うっ、わ、わかっておるのじゃ」

リリスはむすーっと頬を膨らます。子供らしい表情を微笑ましいと思ってしまうくらいには、俺は彼女を受け入れていた。

「ったく、今後に期待……だな」

勇者が魔王に期待する。そんなおかしな物語も……たまには悪くないだろう？

あとがき

初めまして皆様、日之影ソラと申します。

まず最初に、本作を手に取ってくださった方々への感謝を申し上げます。

最強の勇者だけど王国に仕える一人の戦士。パワハラに耐え続けた勇者がついに理想の職場を見つける。訳ありロリっ子魔王と、追いかけてきたメイドと一緒に暮らしながら、元同僚と戦ったり、他の魔王と戦って魔剣を取り戻したり。二転三転するお話にハラハラしますよね！

気に入って頂けたでしょうか？

少しでも面白い、続きが気になると思って頂けたなら幸いです。

本作は元々、小説家になろう様にて連載していた作品になります。ＷＥＢで連載していたものに加筆、修正を加えて現在のような形になりました。

最近は女の子が主人公の作品を多く執筆しておりました私ですが、久しぶりの男性主人公作品ということで、勝手にテンションが上がっておりました。

元々少年漫画が大好きで、子供のころから漫画を読んできた影響か、男の熱いバトルが大好物になっていました。

特に最近では男の死に様を格好良く描いた作品に惚れこんでおりまして、男の価値は生き様じゃなくて死に様だという言葉に感銘を受けたりしております。

とは言いつつ、なかなか書こうとしても上手くはいかないものですね。

本作はどちらかというとコミカルにお話が進んでいきますが、所々にバトルを展開したり、一段落したら落ち着けるお話を書いたりと、読み疲れないように工夫しております。

激しいバトルの後は必ず小休止的なお話で、読者の皆様が休める間を作ることは、実は初めて書籍化作業した時に教わりました。

デビューから今年で三年目となり、多くの作品を書いてきましたが、まだまだ学ぶことがたくさんございます。

これからも精進してまいりますので、ぜひぜひ楽しみにしていてください！

最後に、素敵なイラストを描いてくださったＮｏｙ（ノイ）先生を始め、書籍化作業に根気強く付き合ってくださった編集部のＷさん、ＷＥＢ版から読んでくださっている読者の方々など。本作に関わってくださった全ての方々に、今一度最上の感謝をお送りいたします。

それでは機会があれば、また二巻のあとがきでお会いしましょう！

GAGAGA
ガガガブックス

パワハラ限界勇者、魔王軍から好待遇でスカウトされる
～勇者ランキング1位なのに手取りがゴミ過ぎて生活できません～

日之影ソラ

発行　2023年5月24日　初版第1刷発行

発行人　鳥光 裕

編集人　星野博規

編集　渡部 純

発行所　株式会社小学館
〒101-8001 東京都千代田区一ツ橋2-3-1
［編集］03-3230-9343 ［販売］03-5281-3556

カバー印刷　株式会社美松堂

印刷　図書印刷株式会社

製本　株式会社若林製本工場

Printed in Japan ISBN978-4-09-461166-3